빛그물

빛그물

최정례 시집

창비

산은 물속에 있고, 산은 구름 뒤에 있고, 산은 산속에 있다.
— 제인 허쉬필드

그 산속의 산에서 내 생명과 기운을 염려하는 친구들,

그리고 당신 김하규에게.

차
례

제1부

010   공중제비

012   각자도생의 길

014   빛그물

016   입자들의 스타카토

017   움살라의 개

018   첫눈이라구요

020   이불 장수

022   내일은 결혼식

024   남의 소 빌려 쓰기

026   긴 손잡이 달린

027   앵무는 조류다

030   토끼도 없는데

032   애완용 인간

034   매미

제2부

036   소라 아니고 달팽이

038   삼단어법으로

040   개미와 한강 다리

041   4분의 3쯤의 능선에서

044 구멍 들여다보기

046 다른 사람들의 것

048 나의 아름답고 푸른 다뉴브 같은

052 월면 보행

054 젖은 바퀴 소리

056 모래와 뼛가루

058 국

060 기다란 그것

제3부

062 거자소스의 색깔

064 과하마라는 말처럼

065 창에 널린 이불

066 방 안에 코끼리

068 어디가 세상의 끝인지

070 오늘은 오락가락 시작법

072 물리 시간 밖에서

074 입김

076 자리

078 여름을 지나는 열세가지 새소리

081 쓰나미

083   냄비는 왜?

제4부

086   접시란 무엇입니까

089   발자국은 리듬, 리듬은 혼

090   안개와 개

092   안개의 표현

094   줄거리를 말해봐

097   우박

099   물고기 얼굴

100   반짝반짝 작은 별

102   홈런은 사라진다

104   올드 타운

106   뒷모습의 시

107   원격조종

109   고슴도치에게 시 읽어주기

111   참깨순

114   1mg의 진통제

116   해설 | 신형철

130   시인의 말

제 1 부

공중제비

공중제비를 돌았다
꿈속이었다

빨간 셔츠의 선수가 잔디 위에서
펄쩍 뛰어오르더니
공중제비를 돌았다

당나귀가 한밤중에 마구간을 뛰어넘어
공중제비를 돌았다
긴장을 완화하는 한 방법이라고 했다*

기쁨이 지나갔다
슬픔이 지나갔다
발을 굴렀다

공중제비를 돌았다

혼자였다

각자도생의 길

V자 편대비행으로 철새가 날아간다
그물 던졌다 당기듯 포물선을 그리다 순간에
선두가 바뀌고 날개의 리듬도 바뀐다
한쪽 눈은 뜨고 한쪽 눈은 감고
잠을 자면서도 날아가는 그들
기어이 찾아가는 북쪽의 한 지점과
그들 눈 속에 나침반 같은 것이
양자역학적으로 관련 있다는
설이 있으나

나와는 아무 상관 없이 날아가는 그들
강변북로의 이 자동차 군단과도
아무 상관 없이 날아가는 그들
철갑에 철갑을 두른 이 단독자들과
정체 중인 이 개별자들과
늘어선 강변의 부동산들과
불투명한 잿빛 겨울 하늘과
슬플 것도 없이 유리를 두른
이 유리자들의 부동산

완전 안전유리를 배경으로
새들과는 역방향으로
강변도로를 질주하다 정체하는
정체자들 위로
날아가는 날아가는
V자 편대비행의 새들이 있고
이유도 없이 그들과는 상관도 없이
각자도생의 길을 가야 하는
월요일 화요일 수요일
목요일 금요일 토요일

빛그물

1

두 마리 수사슴이 싸우다 한 마리가 죽는 장면을 보았다 승리한 사슴은 자기 뿔에 엉켜 매달린 죽은 사슴의 뿔에서 벗어나려고 벗어나려고 머리를 휘두르고 있었다 사자 한 마리가 멀찍이 그 몸부림을 지켜보고 있었고

그 장면이 무슨 비유인 것 같다고 생각하면서 잠들었는데 잠의 수면으로 흘러가다 떠오르다 다시 흘러가면서

강을 건너는 한 무리 사슴들을 보았다 물에 잠겨 떠가는 관목처럼 사슴의 뿔이 왕의 관처럼 떠내려가는데

천변에 핀 벚나무가 꽃잎을 떨어뜨리고 있었다 바람도 없는데 바람도 없이 꽃잎의 무게가 제 무게에 지면서, 꽃잎, 그것도 힘이라고 멋대로 맴돌며 곡선을 그리고 떨어진 다음에는 반짝임에 묻혀 흘러가고

그늘과 빛이, 나뭇가지와 사슴의 관이 흔들리면서, 빛과 그림자가 물 위에 빛그물을 짜면서 흐르고 있었다

14

2

　바탕이 무늬를 이기면 야하고 무늬가 바탕을 이기면 간사하다고 기억하고 있었다 『논어』에서 읽은 질승문즉야(質勝文則野) 문승질즉사(文勝質則史) 하니 문질빈빈(文質彬彬)해야 한다고, 그러니까 무늬와 바탕이 서로 빈빈해야 아름답다고 들었다 그 빈빈이 좋아서 그 빈빈의 빛그물로 누워 떠내려가고 싶었다

입자들의 스타카토
반짝임, 흐름, 슬픔

반짝이는 것과
흘러가는 것이
한 몸이 되어 흐르는 줄은 몰랐다

강물이 영원의 몸이라면
반짝임은 그 영원의 입자들

당신은 죽었는데 흐르고 있고
아직 삶이 있는 나는
반짝임을 바라보며 서 있다

의미가 있는 걸까
의미가 없는 걸까
무심한 격랑과 무차별 속으로
강물이 흘러간다

웁살라의 개

샥티는 어둠과 몸을 섞는 개, 몸통이 온통 검고 눈은 더욱더 검은 커다란 개, 카롤리나의 좁고 가난한 부엌에 엎드려 누워 있던 개. 카롤리나, 샥티라는 이름은 무슨 뜻이야? 영혼, 영혼이란 뜻이야. 내가 뜯어준 빵 조각을 거들떠보지도 않던 개. 샥티, 산책 가자, 카롤리나의 말에 천천히 일어나 어둠을 통과해 더 큰 어둠 속으로 걸어 들어가던 개. 웁살라의 겨울은 오후 두시만 돼도 컴컴해, 서울은 밝지? 응, 밤에도 지나치게 밝아. 서리 내린 들판을 서걱서걱 밟던 개. 나를 앞질러 천천히 가다가 이따금 돌아보던 개. 그후 몇년이 지났던가 우연히 카롤리나를 카페에서 만났다. 탈출 난민을 돕는 봉사활동 중이었다. 샥티는 잘 있어? 샥티가 죽었어. 왜? 어쩌다가? 늙어서, 심하게 앓다가 갔어.

어둠도 늙는다 앓는다. 어둠은 비대해지다 스스로 삼켜지다가 더 큰 어둠 속으로 사라진다. 그곳으로 영혼이 조용히 앞질러 간다. 천천히 내 앞에서 걷는다. 따라오나 안 오나 뒤돌아본다. 안 보인다.

첫눈이라구요

눈발이 유리창을 때린다
첫눈이다
맞은편 건물 옥상이 하얗게 덮여간다
교실에는 아직 아무도 들어서지 않고
길이 미끄러우니 차가 막힐 거야
영화과 학생들은 대체로 늘 지각이니까
이번 학기 수강생은 여섯명뿐이고
실습도 해야 하니까 다들 바쁘겠지
강사가 먼저 와서 기다린다고
이상할 것은 없지
삼십분이 지나고
한시간이 지나고
유리창 가득 눈발이 때리고
시는 무슨 시?
눈이 이렇게 때리시는데 영화를 찍어야지
오늘 출석 아무도 없음, 그러나
뒤늦게 누군가 나타날지도 몰라
뒤늦게 들어서서는
강의실에 아무도 없던데요,

그럴 수도 있으니까

학기를 이렇게 끝낼 수는 없지

어느 구름이 비가 될지 모르니까

말없이 아무도 없이 진행되는 수업

페이지 넘기는 소리만 쌓이고

팔만 관중석에 한명도 입장하지 않은

스페인 축구장의 눈발처럼

분리 독립 만세의 함성처럼

밀려오는 구름의 내일을 내다보며

내내 서성이고 있을 때

이불 장수

동대문시장 이불 장수가 나를 붙잡는다. 이불 한번 쳐다봤다고 즉시 이불 세채를 펼친다. 호랑이를, 장미꽃을, 공작새를 수놓은 이불을 펼친다. 이불 한번 만졌다고 날아다니는 새 백마리를 펼쳐놓는다. 아홉채 열채를 펼쳐놓는다. 야옹이를, 러시아 호랑이를, 아라베스크를 뿌리치고 가야 하는데 못 가고 만다.

사십년 이불 장사 베테랑의 수완에 말려들어 고개를 끄덕인다. 이렇게 많은데 맘에 드는 게 없다니, 가격이 맘에 안 드나요? 이불 장수가 계산기를 두드려 눈앞에 들이민다. 다른 가게도 좀 돌아본 후에요. 그가 눈을 치켜뜨며, 이렇게 많이 펼쳐보고 그냥 가면 어떡해? 미안해요, 간신히 뿌리치고 달아나는데 재빨리 뒤쫓아와 귓가에 처음 만진 이불을 반값에 주겠단다. 그는 나를 나보다 더 잘 안다. 나는 돌아가 아까 그 이불을 다시 만지게 된다. 안 살 줄 알고 제시한 가격인데 다시 왔으니 손해 보고 파는 거예요, 대신 베개 값을 더 내야 돼요. 가격을 올린다. 어느새 둘둘 말아 포장을 한다. 카드를 내미니 현금 내면 십 프로 할인해준다고 한다. 호랑이도 장미꽃도 공작새도 다 가짜라는 거 안다. 이불 덮고 항우울제를 삼키고 눕게 될 것이다. 벌떡 일어나 소비자고발센터에 전화라도 해보고 싶을 것이다. 그러나 꼼짝 못한다. 시장에서의 현금 결제는 반품이 안 된다고 했다.

　이불 덮고 누워 곰팡이 코르디셉스를 읽는다. 코르디셉스는 왕개미 머리 속에 들어가 화학물질을 분비한다. 그러면 개미는 한낮에 나무로 올라가 나뭇잎을 물고 매달린다. 꼼짝 못하다 저녁 무렵 죽는다. 곰팡이는 밤사이 개미 머리를 뚫고 자라나 포자를 흩뿌린다. 포자는 나무 아래를 지나는 또다른 개미들에게 낙하 침투한다. 포자가 침투할 최고의 장소로 개미를 유혹해 나뭇잎에 매달리게 한 것은 곰팡이 코르디셉스. 어떤 화학작용이 내 머릿속에서 일어난 것일까, 호랑이 이불을 덮고 곰팡이 코르디셉스를 읽는다.

내일은 결혼식

신발을 나란히 벗어놓으면
한짝은 엎어져 딴생각을 한다

별들의 뒤에서 어둠을 지키다
번쩍 스쳐 지나는 번개처럼

축제의 유리잔 부딪치다
가느다란 실금
엉뚱한 곳으로 방향을 트는 것처럼

여행 계획을 세우고 예약을 하고 짐을 싸고 나면
병이 나거나 여권을 잃어버리는 것처럼

가기 싫은 마음이
가고 싶은 마음을 끌어안고서
태풍이 온다

태풍이 오고야 만다
고요하게 제 눈 속에 난폭함을

숨겨두고

내일은 결혼식인데 하필 오늘
결혼하기 싫은 마음이 고개를 쳐드는 것처럼

남의 소 빌려 쓰기
송재학 시인에게 들은 이야기

그 이야기를 듣고 며칠을 그냥 누워만 지낸다. 말 안 하고 일 안 하고 되새김만 한다. 소처럼 나는 나를 끌고 들판으로 나가야 하는데 나가야 하는데 나가지도 못한다.

소는 내 것도 아니고 남의 소였어요. 밥값은 하며 살아야 한다는 생각에 소를 끌고 나간 것인데, 남의 소는 아이 말을 잘 안 들어요. 그냥 풀을 뜯어 먹어야 하는데 하늘만 쳐다봐요. 콧김만 뿜고 뿔을 들이밀어요. 소는 나보다 훨씬 컸어요. 이리저리 끌려다니는 건 오히려 나였고요. 화가 났어요. 어찌해볼 도리가 없어 돌을 집어들었어요. 던졌어요. 소는 그 자리에서 쓰러졌어요. 설마 그 큰 소가 쓰러질 줄은 몰랐고, 어디에 맞았는지도 모르겠고. 일으켜 세우려 했지만 역부족이었어요. 도망갔어요. 무슨 일이냐고 사람들이 몰려들었어요. 웅성거리는 게 멀리서도 다 보였어요. 수의사가 불려왔더라고요. 그가 내린 판단은 소가 병들어 죽었다는 거예요. 사람들은 땅을 파고 소를 묻었어요. 다음 날은 소를 다시 파내고 달려들어 살을 떼어 갔어요. 소 값의 삼분의 일이라도 건져야 한다고요. 피범벅이 되도록 고기를 먹고 또 먹었어요.

이거 누구한테 말한 적 있어요? 아니요. 왜요? 난 말 못해요. 난 알고 있거든요, 소를 죽인 건 바로 나라는 걸. 수십년 전 일 아닌가요, 병들어 죽었다고 했잖아요. 그래도 난 말 못해요. 소는 죽었고 그들은 아직 살아 있는데 그들이 날 가만 두겠냐고요.

긴 손잡이 달린

긴 손잡이 달린 편수 냄비에서 따르고 있었다. 컵에 따르고 있었다. 슬플 것도 없고 지루할 것도 없고 뭔가를 기다리는 것도 아니었다. 긴 손잡이 달린 편수 냄비의 손잡이를 잡고 있었다. 데워진 우유가 흘러내리고 있었다. 갈데없는 삼월이었다. 식탁 위에는 접시가 하나 있고 그것을 다 따르면 접시 위의 것을 먹을 차례였다. 먹으면 되는 것이었다. 긴 손잡이 달린 편수 냄비에서 흘러내리고 있었다. 북두칠성은 편수 냄비 모양이고 그 잇댄 끝은 북극성, 작은 곰은 거기 꼬리를 댄 채 뒤집혀 있고, 큰 곰이나 작은 곰이나 하늘에는 그들만의 자리가 있고, 그것은 그들만의 일이고. 긴 손잡이 달린 편수 냄비의 그것을 따르고 있었다. 문득 생각해보니 뭔가를 잡고 있다는 생각을 했다. 늘 잡고 있으려 했고 놓지 못하고 있었다. 긴 손잡이 달린 편수 냄비의 월요일이었다. 일요일 같기도 했다. 앉아서 컵을 제자리에 놓고 접시의 것을 먹고 그러면 다 되는 하루였다. 울컥 쏟아질 것 같았다.

앵무는 조류다

그런데 앵무 에쿠 킴은 자기가 사람인 줄 안다. 그것도 한국 사람인 줄 안다. 태극기가 바람에 펄럭입니다를 부를 땐 부리가 아래위로 떨어져 나갈 지경이다. 에쿠는 지적인 새라서 정신적 자극이 필요하다. 거울을 주어 멋을 부리게 하면 그 권태를 극복한다. 해미는 남편이 국제기구에서 일하느라 이 나라 저 나라로 이사를 다녔다. 한때는 에쿠를 아버지에게 맡기고 외국에 있었는데 아버지하고 정이 든 에쿠가 어머니가 키우는 제라늄 꽃잎을 다 뜯어놓고는 이리저리 날아다니며 호호홋 웃기도 했다.

앵무는 일부일처의 새라서 짝을 잃으면 수절한다고 하는데 에쿠는 아니었다. 일본에서는 형이 죽으면 시동생이 형수의 남편이 된다고 한다. 티베트 어느 산골에서는 삼형제가 한 아내와 산다고 한다. 그건 그렇고.

어느 나라 갈 때던가 에쿠를 잠시 짐칸에 실었었는데 내려보니 헬로 헬로 하고 울어서 해미도 함께 울었다. 자카르타로 이사 갈 땐 그를 위해 어린이용 비행기표를 사야 했다. 돈도 많다. 돈도 많아, 그러는 사람들이 있는데, 그러면 항공료 비싸다고 네 애 짐칸에 싣고 가니? 이건 해미의 말이다. 자카르타에 정착해서는 한국 여자끼리 해미네 집에 자주 모여 놀았다. 그중 대사 부인은 해미가 끓이는 오뎅 국물을 좋아했고 고스톱에 열광했다. 이 나라 저 나라 다니며 고생도 많았고 또한 대사 부인이 말썽을 부리면 안 되니까 하고 싶은 대로 하게 내버려두었다. 부인은 그날도 다른 주재원 부인들과 수다를 떨며 고스톱을 치는데 갑자기 에쿠가 시끄러워, 왜 떠들어, 조용히 하지 못해, 소리쳤다. 그러자 대사 부인 쟤, 한국말 알아듣니? 그러고는 화투판을 뒤집고 벌떡 일어나 가버렸다.

앵무라고 다 앵무는 아니다. 손가락을 부리에 넣었을 때 살짝 무는지 아닌지 봐야 하고 어쨌든 함께 살아봐야 안다. 한번은 에쿠가 말썽을 부려 호텔 문밖에 놔두었는데 헬로 헬로 하며 징징거리자 그애를 보러 사 킬로 밖에서 아이들이 몰려온 적도 있었다. 중요하다고 생각했던 것들은 다 변한다. 일본에선 아들이 시원찮으면 사위가 대를 이어 명가를 끌고 가지 않나, 사람이 시원찮으면 새든 고양이든 그 집을 대신 끌고 가는 것이다. 일본의 유명한 오뎅 국물은 백년 동안 무쇠 가마솥을 씻지 않고 거기에 물을 붓고 부어 끓이고 다시 끓인다. 그렇게 명가의 명품 국물은 이어지는 것이다. 그러나 그래 봤자 다 소용없다. 쓰나미가 와서 한번에 쓸어가버리는 거 봐라.

토끼도 없는데

갈 거야 말 거야
그대가 소리치는데
나도 모르겠다
마음대로 사라질 수도 없고
할 일을 쌓아두고
하지도 않고

대신
물병을 넣고 지도를 넣고 토끼를 넣는다
토끼라니, 토끼 같은 건 없다
불가능해, 못 가

그러나 간다 산을 넘고
또 산을 넘고 깡충깡충
따라간다 못 간다

토끼도 없는데 토끼풀 많다
아파트와 아파트, 또 아파트 사잇길에
토끼가 없으니까 토끼풀이 더 많다

갈 거야 말 거야
가기도 하고 말기도 한다
그러다가
엉뚱한 길로 접어든다

목줄에 매달린 강아지가
토끼풀에 코를 대다 끌려간다
보이는 것을 보는 동안
보이지 않는 것들이 온다

토끼풀에 대고
우물쭈물하는 이들
토끼는 아니다
토끼 대신 아파트 구멍마다
보이지 않는 이들이
웅크리고 있다

애완용 인간

1725년 사냥 갔던 왕이 그를 숲에서 주워 왔다. 그는 벌거 벗은 채였고 두 다리로 걷는 게 아니라 네발로 뛰어다녔다. 그의 원래 이름이 피터인지 아닌지는 모른다. 그는 말을 못 했으니까. 말을 가르치려 했지만 끝내 그는 말을 하지 않았 다. 조지 1세가 그를 런던 켄싱턴궁으로 데려갔는데 거기서 그는 애완용 인간이 되었다. 이 야생 아이는 궁정을 뛰어다 니며 사람들 주머니 털기를 좋아했고 기습 키스 하는 것도 좋아했다. 숲에서 벌거벗겨진 채로 발견된 그는 아마도 늑 대가 길렀을 것이다, 어쩌면 곰이 키웠을 것이다, 공상과 추 측이 난무했다. 왜냐면 그는 손가락을 빨고 옷 입기를 싫어 하고 도무지 말을 배우려 들지 않았기 때문이다. 어느날은 공주의 소중한 회중시계를 낚아챘고 어느날은 왕 앞에서 공 작의 모자를 벗겨 갔다. 사람들은 그 무례함에 싫증 내기 시 작했고 드디어는 어느 농장으로 보내버렸다. 농장 사람들은 그를 좋아했다. 왜 그런지 모르겠지만 그는 침대 대신 바닥 의 구석진 곳에 웅크리고 있기를 좋아했다. 그를 잃어버릴 경우에 대비해 사람들은 주소와 이름을 새겨 그의 목에 묶 어두었다. 그는 죽었어도 그 목줄은 아직까지 박물관에 있 다. 인간이란 무엇인가, 인간은 동물과 무엇이 다른가. 연구

자들은 애완용 인간 피터를 예로 든다. 인간은 네발로 걷지 않는다. 인간은 말을 만든다. 인간은 기습 키스를 한다. 인간은 애완용 인간을 좋아한다. 그러다가 싫어한다. 우리는 우리를 모른다. 우리는 알려지지 않은 자이다. 멀리까지 가서 찾지 못하고 다시 생각 속으로 들어가 영영 돌아 나오지 않는다.

* 피터 이야기는 영국 노리치 박물관에서 도움을 받았다.

매미

도시의 매미들은 휙 날아가다가 아무 데나 붙는다. 남의 집 방충망에, 매연에 지친 가로수에, 미지근한 아파트 벽에 붙어 대놓고 운다. 매미는 울음을 멈추려고 멈추려고 하다가도 멈추지 못한다. 찌는 듯한 여름밤의 열기 속에서 시끄럽게 구는 자들, 술집에서 노래하는 여자를 매미라고 부르는 자도 있다. 그들 삶의 방식에는 뭔가 가슴 찢는 게 있다. 땅속에서 칠년이나 꿈틀대며 기다리다 태어나서는 고작 한다는 짓이 그렇다.

결혼 첫날만 지내고 달아난 사내의 이야기를 들은 적이 있다. 뭔가를 가득 울음주머니에 채우고 다니다 아무 데나 껍데기만 붙여놓고는 가버리는 자들, 간신히 붙어 있다 허약한 바람에 떨어져 부서지는 껍데기들. 비겁한 사내들의 허약한 이야기 주머니, 나도 한때는 시를 썼어, 그걸 시골집 기둥에 매달아놓고 도망 나왔지, 잘한 것 같애, 이젠 먹고살 만하니까, 그러면서 그는 식당 종업원에게 만원 한장을 찔러준다. 뭔가 억울한 듯해서 자다가 벌떡 일어나 앉은 적이 있다. 가만두지 않을 거야, 죽여버릴 거야, 그렇게 중얼거리고는 다시 쓰러져 잔다. 무더운 여름이다.

제 2 부

소라 아니고 달팽이

그들은 돌린다 몸통을 뱅글뱅글, 아무도 자기 살을 빼 먹지 못하도록. 그러나 우리는 그들을 삶아 꼬챙이에 꽂아 손목을 돌린다. 살에 붙어 딸려나오는 검은 내장을 보고 문득무슨 생각인지 툭 끊는다.

우리 앞에 길이 있을까, 무감한 주먹돌처럼 굴러다니며문 꽉 닫고 자기주장만 하다가 누군가 갑자기 너도 반역자라구, 나라를 팔아먹은 그와 동조했지, 분노를 토한다.

손톱만 한 것을 주먹만 한 것으로 키우며 밤마다 걱정거리를 굴린다. 주먹을 불끈 쥐고 생각을 굳세게 다지고 서로이해했으니 됐다고 악수하고 헤어진다. 그러고도 아침이면다시 처음으로 돌아가 같은 주장을 한다. 모래알이 굳어 바윗돌이 되도록 소라는 어떻게 자기 살로 자기 집을 키우는것인가, 무슨 이념으로 그 딱딱한 껍데기를 더욱 견고하게지키는 것인가.

그런데 실은 내가 하고 싶었던 것은 소라 이야기가 아니다. 골뱅이도 아니고 달팽이다. 달팽이는 겁이 많고 살 속에

숨겼던 더듬이 끝에 두 눈을 달고 머뭇거리다 허약한 껍데기 속으로 침잠한다. 끈끈한 액체로 몸을 밀고 다니다 밟히면 곧장 뭉개진다. 하고 싶은 말이란 게 그렇다. 소라는 살을 빼앗기고도 껍데기는 남아 텅 빈 채 바닷가에서 굴러다니고.

삼단어법으로

염소들이 나무에 올라가 있었다
괴이한 열매처럼 가지를 붙잡고 매달려 있었다
염소들이 지붕 위로 올라갔던 산자락의 집
그 길을 지나 한참을 헉헉대며
산으로 올라갔던 일
웃으며 둘이서 손을 잡았던 일
아이들이 다 자라
각자 자기 가지에 매달려 있는 풍경
아침에 일어나 아침을 먹고
말없이 순가락을 놓고
다녀올게 서둘러
일하러 나가고
나가서는 사람들에게 말하고
사람들은 내게 말하고
애국적인 사람들이 애국적인 말을 하는
뉴스를 보면서 그들처럼 흥분한다
그들은 삼단논법으로 말한다
아파트는 콘크리트로 짓는다
콘크리트는 시멘트 물 자갈의 결합이다

그러므로 아파트는 그들만의 결합이다

그들의 주장은 바꿀 수가 없다

보드카는 감자로 만든다

감자는 식물이다

그러므로 보드카는 샐러드다

누군가 그들의 삼단논법을 흉내 낸다

열심히 듣는다고는 하지만 듣지 않는다

살기 위해 먹는다 아니다

먹기 위해 산다

낡은 명제다

염소들이 나무에 올라가 있다

먹기 위해서가 아닌 것 같다

살기 위해 그러는 것도

아닌 것 같다

올라가기 위해 그냥

올라가서는

내려오지 못해

매달려 있는 것이다

개미와 한강 다리

개미 한마리가 한강 다리를 지나가면 다리가 휘겠니, 안 휘겠니? 무슨 소리 하는 거야, 개미 한마리에 어떻게 한강 다리가 휘겠어? 이 세상 개미 모두가 북한산만큼 모여 한강 다리를 건너가면 다리가 휘겠니, 안 휘겠니? 그야 당연히 휘겠지, 북한산 실은 기차가 지나가는 것처럼. 그렇다면 개미 한마리가 지나갈 때도 눈에 보이지는 않겠지만 그 한마리 무게만큼 한강 다리가 휘어야 하잖아. 거의 무에 가까운 무게지만 무게는 무게거든. 그 무게만큼의 어떤 생각, 있다고도 할 수 없고 없다고도 할 수 없는 한 생각이 드나드는 것 같다. 계속 오고만 있고 아예 와버리면 안 된다는 듯이, 네 생각도 그렇게 오더라. 까맣게 잊고 있다가도 어느날 깨어보면 분명 간밤엔 오고 있었고 어느새 가버린 거야, 그래야 다시 올 수 있다는 듯이. 존재의 무게가 거의 없는 것이, 생각의 무게 같은 것이 지나간다. 방금 한강 다리가 아주 약간 휘청했다.

4분의 3쯤의 능선에서

언덕길 4분의 3쯤 내려오다가
문득 산딸나무 생각하는 것
전에 살던 동네 공원길
거기 4분의 3 능선에 산딸나무 있었다고
이러는 것, 이러는 것은
뭔가에 걸려 넘어지는 일이다

지금쯤 산딸나무 꽃 피었겠다
꽃이 아니라 꽃받침 같았던 꽃
산딸나무 없는 아파트 숲에 살면서
그 동네 떠나온 것, 후회하는 것
공허를 옮기는 일이다

마트에 가서 애써 푸른 사과를 찾아내고
그 사과 4등분으로 쪼개면서
그 색깔 그 향기에 손 넣어보며
대신 사과를 먹으면 되잖아
이런 식으로 위로의 말을 꺼내는 것
그것도 그렇고

산딸나무 꽃과 사과의 내부가
푸른 기미의 미색이기는 하지만 그렇다고
사과가 산딸나무에 매달리는 것도 아니고
어쨌든 어디에든 정붙여보려고
산딸나무 꽃 지나는 것과 사과 쪼개 먹기를
동일시하는 것, 이것은
대책 없는 어거지인데

꽃받침이 꽃이 되고
잎이 꽃받침을 꽃인 줄 알고 받들어 올리고
그래서 꽃받침이 바로 꽃이라고
텅 빈 생각을 피워보려는 것도 그렇고
산의 딸이라서 산딸나무인가봐
그 생각도 말장난일 뿐이고

십자 모양으로 피는 네장의 꽃잎
산딸나무를 사과나무라고 부르고 싶을 지경이면
제정신 버리고 넘어가는 것이다

생각의 4분의 3 능선에서 피어나 흔적 없이
사라질 것에 걸려 넘어져서는
머뭇거리는 것, 이러는 것

구멍 들여다보기

구멍을 들여다보게 된다
구멍 속에 자동차가 거꾸로 박힌 것만 같고
거기서 누군가 비명을 지르는데
못 듣고 있는 것만 같고,

모친 유골함을 모신
보광사 납골칸 열쇠를 어디다 빠뜨렸을까,
그걸 어디 가서 찾나
생각하다 말고,
또 구멍만 쳐다보게 된다
내일 일은 내일 걱정해 그러다가도
길을 막아서며
몸통을 삼켜버린 구멍을 쳐다보게 된다

빵 가게 바닥을 뚫고
하강 전진하다 보면
은행 금고와도 만나게 되고
교도소 바닥으로도 연결되어
종신형의 죄수를 탈출시키기도 했던 영화

그 이야기로 희망을 품어보다가도,

갑자기 무너져내리고
분별력을 잃고 보고 또 들여다봐도
아무것도 보이지 않는 구멍을
자꾸 쳐다보게 된다

다른 사람들의 것

세상은 다른 사람들의 것
나는 그들 사이에 맺혔다
사라지는 물방울 같은 것*

이슬 같은 것
태어나기 전부터 그랬었고
태어난 후에는 손 뻗어 가지려고 애쓰다
놓쳐버리고
나를 지배하는 집단의 힘, 그들만의 리그
이젠 내 몸의 건강까지도
그들의 손에 쥐어지고

잠시 잠깐
저 노란 꽃과 눈 맞추는 것처럼
아이가
잠깐 기다려봐 내가
생일 선물로 사다리를 그려줄게
무슨 색 좋아해, 보라, 초록?
초록으로 그려줄게

사다리를 기다리는 그 순간만
세상이 푸르게 출렁이며 잠깐

그 잠깐을 뺀 나머지는 다 그들의 것

* 김인환 『타인의 자유』(난다 2020)에서.

나의 아름답고 푸른 다뉴브 같은

안녕하신지요? 내 이름은 가브리엘 카사졸라예요. 스위스 로열 뱅크 매니저이지요. 우연히 페이스북 프로필에서 당신 사진을 봤어요. 도저히 눈을 뗄 수가 없네요. 이 중요한 메시지를 당신에게 전하려는 이유는 다른 선택의 여지가 없기 때문이지요. 당신을 동아시아 지역 사업 파트너로 영입하고 싶어요. 마침 25억 2천만 달러를 넣어둘 계좌를 찾는 중이었거든요. 이 국제적 사업을 위해 믿을 만한 계좌가 필요해요. 이 자금의 원래 주인은 지난달에 비행기 사고로 죽었어요. 그는 이 돈을 우리 은행에 맡겼다가 동아시아에서 사업을 확장하려던 참이었는데 사고를 당한 거지요. 더욱 불행한 것은 그의 아내가 상속자로 되어 있었는데 함께 죽었어요. 그녀 역시 30억 달러 정도가 비밀계좌에 있어요. 내가 그 열쇠를 가지고 있지요. 현재 이 자금의 권리를 주장할 사람은 아무도 나타나지 않았어요. 한국인으로서 당신은 이 일을 위해 아주 적합한 위치에 있어요. 내가 이 돈을 당신 계좌에 옮겨놓으면 누구도 그 권리를 주장하지 않을 거예요. 부디 답장과 함께 당신 계좌번호를 알려주세요. 덧붙일 말은 난 다섯살 된 아이의 싱글 대디로 스위스에 살고 있어요. 혹시 당신은 파트너가 있는지요. 이그조틱한 당신 눈동자에서 도저히 눈을 뗄 수가 없네요. 당신과 의논하고 싶어요, 나의 미래를. 가슴 두근거리며 당신의 답장을 기다릴게요.

　디어 가브리엘, 25억 2천만 달러가 내 계좌로 들어온다니 당장 답장을 쓰지 않을 수 없네요. 가브리엘, 나도 당신의 핸섬한 사진에서 눈을 돌릴 수가 없군요. 그런데 가브리엘, 마틸다 아로마이트란 이름을 들어본 적 있는지요. 마틸다는 아이오와에서 만났던 내 친구예요. 우리가 그 나라를 떠나며 시카고에서 환승 비행기를 기다릴 때, 내게 기대어 징징거리던 마틸다 아로마이트가 기억나네요. 마틸다의 연인 또한 당신과 같은 이름이었어요. 그녀는 내게 이렇게 말했지요. 난 가브리엘을 진심으로 사랑했어. 그는 감옥에 갇혀 있는 칠년 동안 천권의 책을 읽고 시인이 되었고 그의 행적은 그의 나라에서 영화화되었지. 난 그의 시를 읊조리며 친구들을 불러 주말마다 내 방에서 파티를 열어주었어. 시인이자 영화감독이고 반정부 시위 주동자로 감옥에서 칠년간 갇혀 있었다는 그의 경력을 깊이 흠모했고, 그 나라의 독재와 폭력을 혐오하여 박해받는 그를 위해 5천 달러를 빌려주었다구. 그 돈으로 급히 자기 나라 친구를 도와야 한다고 해서,

그날 그를 내 침대에서 재웠어. 그는 내게 결혼해달라고 졸라댔고 정말 결혼할 생각이었어. 그런데 그가 사흘 전 아래층의 빨강머리 마가레뜨와 달아날 줄은 꿈에도 몰랐어.

그래서 내가 마틸다를 달랬지요. 마틸다, 네가 잘못한 것은 없어. 그는 네게 다시 돌아올 거야 돈이 떨어지면. 마가레뜨 아니 아니 마틸다, 난 너희들 푸른 눈을 질투했다. 흘러가는 물결처럼 너희는 아름다워. 그거면 됐지, 그깟 5천 달러는 잃어도 괜찮아. 가브리엘 그 천사가 너를 원하는 건 네가 아름답기 때문이야. 마틸다, 네가 가브리엘과 붙어 시시덕거릴 때 난 멀리서 너희를 바라봤어. 나는 외로웠고 방어할 게 아무것도 없었단다. 너의 가브리엘의 푸른 눈동자라면 나라도 빠져들 수밖에 없었을 거야. 그는 정말로 감옥에 갔을 거야. 그는 정말로 민주투사고 반정부 시위자고 그리고 정말로 시인이었을 거야. 마틸다 마가레뜨 아니 마틸다, 너희는 순수해. 순수란 그런 거지. 시카고 공항의 바보야, 넌 울어서는 안 돼.

그런데 가브리엘 카사졸라, 당신이 설마 마틸다 아로마이

트의 그 가브리엘은 아니겠지요. 세상에 같은 이름은 흔해
빠졌으니까. 아니, 당신이 바로 그 마틸다의 가브리엘이라
해도 좋아요. 난 당신의 유혹을 뿌리칠 능력이 없어요. 내 계
좌번호를 보내요. 씨티은행 4531-567-2984. 나의 천사 가브
리엘, 당신이 보낼 25억 2천만 달러, 상상만 해도 가슴이 터
질 것 같아요. 가브리엘 나의 천사, 감옥 속에 갇혀 있던 아
름답고 푸른 다뉴브 같은.

월면 보행

캄캄한 저 아래에서 무언가 헤매다니고 있었다. 번쩍이는 호수 위로 거대한 서치라이트 같은 것이 멋대로 쏘다니고 있었다. 저게 뭐지? 깜짝 놀라 다시 보니 호수 위에 떨어진 달이다. 비행기 창에서 내려다보이는 저 세상의 밤, 달빛 기둥 같은 것이 어둠을 뚫고 광활한 호수 위를 헤매다니고 있었다.

월대(月臺)라고 적혀 있었다. 대만 사람들은 플랫폼을 그렇게 썼다. 세상은 이상하고 사람들은 미끄러지듯 달빛 속을 걷고, 옷자락을 끌며 월대에 오를 것만 같은 양귀비, 양귀비의 시녀들이 도열하여 치맛자락을 잡아주었을 것이고, 몸종 하나가 진주 목걸이를 두 손으로 받쳐 들고 서 있기도 했을 것이고, 진주알이 귀비의 살에 닿으면 차가울까봐 미리 몸종의 목에 걸어 체온으로 데웠다*던 그들, 받드는 자들의 걸음걸이.

말을 앞세워 생각이 가고 있다. 죽은 마이클 잭슨의 문워킹으로, 앞으로 걷는데 뒤로 가고 있다. 가기는 가는데 가지 않고 있다. 미끄러지면서 바닥이 간다. 물 위에 물새들을 세워두고 물이 미끄러지면서 가고 있다. 간다고 갔는데 가지 않고 있다. 달이 헤매다니는 그들을 밀고 다닌다.

* 캐럴 앤 더피의 시 「Warming Her Pearls」에서 인용 변주.

젖은 바퀴 소리

참을 수 없이 가려워 정신없이 긁다보니
붉은 손톱자국이 나 있다
기다란 채찍으로 맞은 것 같다

신경 쓰지 말아야지 하는 사람이
자꾸 꿈에 나타난다

깊은 숲길에서 문득
가만히 서 있던 사람

모른 척하고 지나쳐버린
무성한 그 숲

그러고는 새벽에 깨어나

우짖다 멀어지는 새소리 듣는다
젖은 바퀴 소리 가까이 다가오다
멀어져간다

내 몸에서 일어나는 일들을
나는 전혀 모르겠고

모래와 뼛가루

거대한 함대의 검은 그림자를 이끌고 미국 핵항공모함 전단이 한반도로 다가온다. 북한은 선제타격하겠다고 협박이고, 피란 준비 안 하냐고 괜찮냐고 외국에 사는 친구가 전화했다. 왜 이렇게 무사태평인지 나도 모르겠다. 오래전 국어교사 시절, 평화의 댐 건설하지 않으면 서울이 63빌딩 허리까지 수몰될 거라고 월급에서 삼만원씩 갹출하자는 교장의 지시가 있었는데 안 내려고 버티다 불려가 일장연설을 들었다. 그때나 이때나 6·25는 해마다 돌아온다.

하필 그때 아버님은 한강 다리를 지나고 있었고, "서울 시민 여러분 서울을 지키십시오. 적은 패주하고 있습니다. 정부는 여러분과 함께 서울에 머물 것입니다." 라디오 방송을 들었지만 수천의 사람들이 한강 다리를 건너기에 따라나선 것인데 하필 그 순간에 한강 다리가 폭파되었고, 아버님은 폭발음과 함께 멀리 날아가셨고 정신 차려보니 한강 모래벌판이었단다. 믿을 수 없는 얘기지만 우린 믿으려 했고 믿었다. 6·25 때 다친 허리 평생 앓다 돌아가신 지 이제 십여년, 가족묘 형식의 석곽 안 유골 항아리 속에 계신다. 우리 가족 모두 같은 석곽에 한 항아리씩 차지하고 묻혀야 한다고 유

언하셨다 그게 경제적이라고. 그게 경제적이긴 하지만 뼛가루가 되어서까지 가족이 함께 엉겨 있어야 하나, 며느리 뼛가루로서는 좀 답답한데, 그렇다고 혼자 따로 묻히겠다고 할 수도 없고, 어디 다른 데 묻힐 데가 있는 것도 아니고, 그 옛날 평화의 댐에 삼만원 강제 기부하고는, 무사태평이 부적이나 되는 것처럼 깔고 앉아 이러고 있다.

국

외국에 나와서 제일 그리운 것은 국이다
국물을 떠먹으면서 멀리멀리
집으로 떠내려가고 싶은 것이다

너무 추워서 양파 수프를 시켰는데
쟁반만 한 대접에 가득 수프가 나왔다
김도 나지 않으면서 뜨거워 혀를 데었다
너무 짜고 느끼하고
되직해 먹을 수가 없었다
몇숟가락 못 뜨고 손들었다

국이란 흘러가라고 있는 것이다
후후 불며 먹는 동안 뜨거운 내 집으로
흘러가 몸을 맡기는 것이다

그런데 내 집은 어디에 있나
내 집에 돌아가면 무엇이 기다리고 있나
왜 여기 나와 헤매고 있나

여행이란 쉴 새 없이 돌아다니는 게 아니라
맘에 드는 곳에 고여 있는 것이다
거기 머물며 내 집을 생각하는 것이다
내 집이 어디 있는지 과연 내 집이
어디 있기는 있는 것인지
국을 그리워하며 떠내려가보는 것이다

기다란 그것

　그것은 논둑길을 가로질러 걸쳐져 있었다. 도망 중인 것 같기도 하고 그냥 길을 막고 쉬는 것 같기도 하고. 놀라서 비명을 지른 것은 나였다. 중학생 사촌이 그것을 막대 채찍으로 때리고 때리고 때렸다. 뱀은 아무 잘못이 없었으나 꼼짝하지 않았다. 죽었다고 생각했다. 의기양양해진 사촌이 뱀을 막대기로 들어 올려 길가 물푸레나무 가지에 걸쳐놓았다. 그날 이후 그 나무 지나치지도 못하겠고 고개 들지도 못하겠고, 얼마나 지났는지 모르겠다. 걸쳐 있던 뱀은 어딘가로 가고 없고 얇고 투명한 껍질만 걸려 나부끼던 그 장면, 죽은 척 살았던 그것, 죽어서도 살아 달아났던 그것,

　베개 위에 누운 기다란 머리카락, 구부정 누운 한가닥, 지난밤에 죽은 듯한, 죽었는지 살았는지 모르겠는, 잠시만 내 몸이었던 것, 당신들에게 일어나는 일은 내게도 일어난다. 기다란 그것이 빠져나갈 동안 당신이나 나나 기댈 곳은 없고.

제 3 부

겨자소스의 색깔

식사를 주문하면서 음식에서 겨자소스를 빼달라고 말하는 너, 겨자 싫어해? 물으니 색깔이 싫단다. 이상한 상상을 하게 한단다. 나도 따라 이상한 상상을 하게 된다. 절대로 이해할 수 없는 것들이 있다. 그 이야기를 하기 위해서는 거기 가닿기 위한 시간이 필요하다.

ATM에서 송금을 하려는데 비밀번호가 틀렸다고 한다. 도대체 몇번째인지 모르겠다. 세번, 네번, 한번 더 틀리면 끝이다. 누군가 내 눈과 입과 귀에 덮개를 씌워놓았는데 혼자서는 벗을 수가 없는 것이다. 신분증을 가지러 집에 들렀다 다시 와야 할 시간, 번호표를 쥐고 서서 기다려야 할 시간, 분명 맞는 것 같은데 아니라고 하네요, 분명 내 기억이 맞아요, 맞다구요. 은행 창구에서 이러고 있을 수도 없고.

이해 못할 숫자들, 이해 못할 겨자소스의 색깔, 내가 한때 빠져 지냈던 앤 다케후지가 입었던 겨자색 카디건, 네가 두려워하는 겨자소스의 색깔과는 전혀 다르다. 앤 다케후지는 멸치를 못 먹겠다고 했다. 그 작은 멸치의 눈을 어떻게 씹을 수 있느냐고, 제정신 가지고 어떻게 그 작은 멸치 눈을 씹느냐고.

　기차 타고 북해도를 지나치는 길에 팔운이라는 작은 바닷가 마을을 보았다. 여덟개 구름이라는 뜻의 야꾸모, 바닷가의 팔운은 분명 팔원이 아니다. 내 나라가 아니다. 겨자소스의 색깔은 카디건의 겨자 색깔과는 천지 차이고, 멀고 멀다. 백석의 시 진진초록의 팔원을 생각하려 해도 그 시간으로 접근해갈 시간이 필요하다. 그 시간을 향해 내내 이유 없이 걸어가야 하는 시간, 여덟겹 구름보다 먼 묘향산, 개마고원, 북신, 팔원, 이름만이라도 만지면서 가야 할 시간이.

과하마라는 말처럼

꿈같이 지나가다라는 말처럼 여름이 지나가고 있었다. 과하마(果下馬)라는 말처럼 과일나무 아래를 지나가고 있었다. 나지막한 그 말을 타고 그 시간의 목소리처럼 말굽 소리가 지나가고 있었다. 말발굽 아래 흙먼지, 흙먼지 속에 잡풀들, 짓밟으며 지나가고 있었다. 내가 속하지 않는 시간의, 내가 속하지 않은 낯선 지대가 부서지고 부서지면서 말 탄 병사가 숨죽여 겨눈 화살처럼, 구름이 구름 같은 시간이 뭉게뭉게 지나가고 있었다.

멀리서 골짜기가 깊어지고 있는데 모르고 있었다. 그 여름 바닷가 캠핑하던 친구들 이름 다 잊어버리도록 자갈돌이 구르고 있었다. 멀리서 골짜기가 깊어지는 동안 꿈같이 지나가다라는 말처럼 지금이 지나가는 줄 모르고 지나가고 있었다.

창에 널린 이불

아파트 창에 널린
햇살에 적나라한 솜이불

애국도 매국도 아닌
태극기도 일장기도 성조기도 아닌
목화솜 이불인지 폴리에스터 요깔개인지
이념도 아니고 사상도 아닌
우리의 생활

이미 비난받은
우리의 내부인 것 같은

내장을 꺼내
뒤집어놓은 것처럼

입 꾹 다문 일 가구의
내면을 햇살에 내어 말리고 있는
작은 창 가난한 방의
두툼한 저 무념무상

방 안에 코끼리

　방 안에 코끼리가 있다고 쓰여 있었다. 명백한 사실이나 차마 입 밖에 내뱉을 수 없는 상황이라고, 그 페이지를 다시 보려 하니 찾을 수가 없었다. 코끼리가 풍선처럼 팽창해서 벽과 천장과 바닥에 흡착된 것 같다. 그래서 벽이 되고 천장이 된 그것이 보여도 보이지 않는다. 이 방에 무지무지 큰 코끼리가 있다, 그런데 보이지 않는다. 그래서 없다는 듯 무시하고 지내는 것이다.

　버스를 타고 캄캄한 터널을 수직으로 급강하하고 있었다. 어떤 둔중한 통증 때문에 몹시 괴로웠다. 통증을 호소하다 오분만 더 가면 이제 도착한다니까 조금만 참자 견디자, 그러는 중인데 눈을 뜨니 누군가 내 팔다리를 주무르며 울고 있었다. 천개의 바늘이 찌르듯 온몸이 저려오면서 서서히 의식이 돌아오고 있었다. 응급실로 데려가려고 나를 옮기려다 미끄러져 마당에 떨어뜨렸다는 것이다. 외롭고 추웠던 이십대의 어느 성탄 전야, 내 방으로 가스가 스며들어왔고 싸락눈이 살짝 내렸고 미끄러지며 나를 떨어뜨리는 바람에 살아 돌아온 것이다. 죽을 생각도 했던 이십대의 내 정신, 코끼리만큼이나 무거웠을 테니 그럴 만도 하다.

동물원에서 본 코끼리는 몸집에 비해 눈이 너무나 작았다. 그 작은 눈이 깜박이며 살짝 눈 내린 마당에 나동그라져, 살아 돌아온 그날의 나를 지그시 내려다보고 있다. 그 작은 코끼리 눈, 웃는 것 같기도 하다, 아닌 것 같기도 하고.

어디가 세상의 끝인지

산에 나무를 심으러 간다고 간 것이었는데 어린 토끼와 마주치게 되었다. 식목일이었고, 우왕좌왕하는 토끼 한마리를 향해 아이들이 고함치며 달려들고 있었다. 어린 토끼는 처음 맞는 이상한 광경에 어리둥절 달아나지도 못하고, 이런 일은 좀처럼 없는 일이라 아마 딴 세상의 소풍일 거라 짐작했다. 누가 토끼에게 바위 밑 구멍을 가리켜준 듯 토끼는 재빨리 구멍 속으로 파고들었고, 귀에 고함 소리 가득했으나 무슨 뜻인지 몰라 가만히 있었다. 그 소리 다 흩어질 때까지, 그들이 다 자라 어른이 될 때까지, 졸업 삼십주년이 될 때까지. 누군가 구멍 속으로 연기를 피워 넣자고 했고, 젖은 나뭇가지를 모아 불을 피웠고, 그러면 토끼가 튀어나올 것이라 했다. 그러나 죽어본 적 없는 어린 토끼 뭐가 뭔지 몰라 무작정 굴속에서 기다렸다. 외롭고 어둡고 어지러운 이상한 소풍날. 기다리기만 하면 이 마술의 끝이 올 것만 같았는데 아무도 구해주지 않았고, 빨간 눈을 뜨고 어둠 속에서 그냥 죽었다.

구멍에 손을 뻗어 휘젓다가 축 늘어진 토끼를 꺼낸 것은 은기였다. 졸업 삼십주년 동창회에서 은기가 말했다. 학수는 선생들이 토끼탕을 먹는 것을 보았다고, 토끼가 펄펄 끓던 학교 가마솥을 누구보다도 잘 기억할 수 있다고 했다. 토끼를 마주친 것은 식목일이 아니라 눈발 날리는 초겨울이었다고 성만이 말했다. 그날 산에서 산에 사는 메아리라는 노래를 불렀다고, 오월이었다고, 토끼의 귀에도 그 메아리 반복되었을 것이라고 규태가 말했다. 메아리가 아니라면 누가 알겠냐고 어디가 세상의 끝인지를, 규태가 이상한 소리를 했고, 그날 눈 속에서 토끼는 뛸 수가 없었다고 분명 겨울이었다고 성만이 우겼다. 그래, 겨울이었다고 치자, 누군가 말했다.

오늘은 오락가락 시작법

심청이가 인당수에 끌려갈 땐
발버둥 치지 않았겠지
마음이 몸을 끌고 갔을 테니

마음만 앞장서서 가는 길 쉽지
어디로 가든 다 길이 되어주니까

질풍 같은 마음이 몸을 풍덩 날려버렸던 시절
인당수에 연꽃 피던
그 시절이 그립단 얘기는 아니고

마이 스윗 하아트
도대체 내 마음 어디 거주하시나
심장, 머리, 배 속, 볼펜 끝?

몸은 자주 마음을 배반하고는
쑥스러워 뒷머리를 긁적이다가도
"거짓말이라도 좋으니 사랑한다고 말해봐"
그 노래에 또다시 따라나서네

내 마음아
모자 속 토끼처럼 안일하기로 하자
몸에 순순히 끌려다니자
했건만 오늘 또 오락가락이네

몸 없는 말로만 토끼를 잡으려다
내 그럴 줄 알았네

토끼는 저만큼 튀어 달아나버렸고
모자만 혼자 엎어져 있네

물리 시간 밖에서

수업 시작하자마자 물리 선생은 교실에 있던 화병 두개를 내게 주면서 물을 갈아주라고 했다. 나는 이끼 낀 화병을 들고 나와 수돗가에 놓고 반항심이 생겨 곧바로 교실로 돌아가고 싶지 않았다. 지난번 시험엔 내가 최고 점수를 받았는데 나한테 이럴 수 있나 생각하면서 교정 여기저기를 배회했다. 교정의 돌담 틈에는 화병에 꽂을 싱싱한 난초 같은 것들이 얼마든지 있었다. 물리 선생은 돌아오지 않는 나를 걱정하며 수업을 진행하리라, 할 테면 하라지 늘 자기들끼리 돌아가던 것이니까, 그런 심정 속에서 어쩌다가 장면이 바뀌었는지는 모르겠다. 나는 결혼 전의 신랑과 부모님 옆방에 있었다. 서로의 몸을 만지다 완전히 옷을 벗고 있었다. 이러지 말고 저 이불 속으로 들어가자 곧 결혼할 것이니 부모님도 이해하시겠지, 그러나 천장의 불이 너무 환했다. 불을 끄면 하나가 켜지고 끄면 또 하나가 켜지고 세개의 불이 번갈아 켜지자 화가 나서 벌떡 일어나 코드를 빼버렸다. 시간이 없다 시간이 없다니까 그러는 사이 서로의 어깨는 침으로 범벅이 되어 있었다. 이해하지만 벗은 몸이 머쓱했고, 결혼이라는 것이 이런 식으로 진행되는 것인지는 나중에 나중에 이 꿈을 다 깨고 나서야 알았던 것 같다. 어쨌든 나는 후

회하기 시작했다. 물리 교실로 돌아가야 하는데 몇 호실인
지 기억나지 않았다. 시간표를 확인하면 되지만 책도 없고
그날 수업시간표를 외우지도 못하고 번번이 수업 준비는커
녕 교과서도 제대로 챙기지 않는 나를 탓하고 있었다. 한쪽
손에는 물을 갈아준 유리 꽃병 하나만 있었고, 수돗가로 가
니 내가 놓아둔 또 하나의 꽃병 대신에 누군가 컵에 싱싱한
꽃나무 줄기를 띄워놓았는데 교실로 돌아가려면 그걸 훔치
는 수밖에 없었고, 어쨌든 나는 두 손에 꽃병을 들고 계단을
오르락내리락 교실로는 돌아가지 못하고 있었다. 결혼이라
는 것은 너무나 많은 시간이 흘러버린 후에나 알게 되는 것
이고, 이름도 생각 안 나는 그 물리 선생 때문에 내 인생을
다 망친 것 같은 생각이 드는데 수십년을 살아놓고는 이제
와서 다시 살 수도 없고.

입김

잊어버린 건지 기억하는 건지
비가 내린다
말인지 침묵인지
비가 내린다
누구의 편을 들어줄까
비가 내린다
그러거나 말거나
이 비, 내려야만 하는 비
수백만개의 발을 내던지며
신경질을 부리며
신호등 앞인데 앞이 안 보여
한발짝도 내디딜 수가 없어
소리치는 비
산란하는 불빛 칼날 그어대며
광포하게 퍼붓는 비

다리에 깁스를 하고 그 발에 슬리퍼를 꿰어 신고
다른 한쪽은 젖은 구두로 왔던 그날의 비
아니, 그 발을 하고 이 빗속을 왜?

내 표정을 살폈던 너의 젖은 눈과
산발한 머리카락으로
서로를 찢던 비
후회로 가득 채웠던 비
우산을 쥐고 있던 너의 손등이
내 입술 근처에 있었는데
퍼붓는 비
눈도 눈썹도 검은 꽃잎처럼 깜빡이고
너의 손등이 내 입술에 닿을까 조바심치던 비
입술 가까이에서 유실되던 비
어디 가닿지 못하고
국지성 호우 속에
수십년 갇혀 있는 비

자리

난 다리가 아파서 앉아야 하는데 젊은 사람이 여길 왜 차지하고 있는 거야? 이 아줌마는 심장이 아프대요. 심장은 안 앉아도 돼, 다리 아픈 사람이 앉아야지. 저도 나이는 꽤 먹었다구요. 염색을 해서 그렇지, 민증 깔까요? 젊은 사람도 아프면 앉아야지 노인만 아프라는 법 있나. 할아버지는 내가 얼마나 아픈지 알지도 못하면서 왜 이 아줌마 편들어 참견이야? 참견이 아니라 맞는 말이잖아, 늙었다고 꼭 앉으란 법은 없지. 저기 서 계신 할머니는 일흔다섯이라는데 배낭 메고 등산 갔다 오시잖아. 할아버진 등산 안 다니고 왜 여기 앉았어? 앗 여기 어디지? 당산에서 내려야 하는데 지나쳤네. 당신이 말 시키는 바람에 지나쳤잖아. 아니, 자기가 알아서 내려야지 왜 남 탓을 해. 지나쳤지만 괜찮아, 가양역에 내려 딸네 집에 가면 되니까. 아니, 다 늦은 저녁에 왜 딸네 집엘 가, 자식들 구찮게 하지 마. 내가 딸네를 가건 아들네를 가건 왜 참견이야. 다저녁때 자식들한테 가면 밥 차려주기도 구찮지, 남자 노인들은 눈치가 없다니까.

어제 무지막지 재미없는 영화를 보았는데 이 노인들 앞에 서게 된 것은 그 영화와는 상관없는 우연일 것이다. 끝 장면에 가면 혹시 뭔가 반전이라도 있을까 해서 졸면서 끝까지 보았지만 재미없는 영화는 끝도 역시 재미가 없다. 생면부지의 낡은 인생들이 자리 하나 놓고 티격태격하다가 같은 역에서 우르르 내려버리는 노약자석 그이들의 끝 장면.

여름을 지나는 열세가지 새소리

되지빠귀, 소쩍새, 산솔새, 꿩,
방울새, 청딱따구리, 섬휘파람새, 오색딱따구리,
알락할미새, 박새, 직박구리, 멧비둘기, 붉은머리오목눈이

힐끗 곁눈질해본 청딱따구리가 화면에서만
딱딱거리는 여름이다

보고 싶으면 보고
가고 싶으면 가고
날고 싶으면 난다
새들은 그렇게 산다
가도 되냐고 좋아해도 되냐고
묻지 않아도 되는 여름이 오고 있다 뻐끔거리며

횟집 수족관에 혼자 있던 도미가 보이지 않는다
어제까지 있었는데 오늘은 없다
텅 빈 바닥인 줄 알았는데 들여다보니
가자미가 진흙 덩이처럼 엎드려 있다

여름날의 압록강 두만강 대동강
처음 떠올려보는 압록강
아버지는 압록강에서 스케이트를 탔다고
가볼 수 없는 강줄기 옆에 당신 집이 있었다고
그걸 만화처럼 우리에게 보여준 적이 있었다
그는 이미 고인이 되었고

죽어서도 꿈꾸지 못하게 하던 자들
비늘을 긁고, 날개지느러미, 꼬리를 쳐내고
창자를 끌어내 통으로 밀어넣고 가능한 오래
아가미가 벌름거리도록 살을 얇게 저미고
돈은 몽땅 쳐내고 죽이고 버리는 데 써버리고

도미의 마지막 표정 같은 것은 기억에서 지워버린다
살다보면 거짓말처럼 일어나는 일도 있기는 있다
새처럼 날고 싶다고 생각하다가
비행기를 발명하는 것처럼
번개를 발명하고 내일을 발명하고
기억을 발명하려고 셔터를 누르다가 진짜

진짜 뉴스란 새로운 새 소식이다
한반도를 지나는 열세종류의 여름새 소리
숲을 뚫고 자기들만의 길을 내다가
통일이라고
현실이 새 소식으로 풀리는 날이 올 것이다
들어본 적 없는 새소리처럼
덤불에서 바스락거리고 딱딱거리고
뒹굴고 지저귀고 발광하다 문득

새도 날아야 하고
강물도 흘러야 하니까

쓰나미

먼 곳에서 바다가 벽처럼 벌떡 일어섰다. 넘실거리며 강을 지우고 언덕을 덮으며 몰려왔다. 푸른 들판을 쓸면서 사방에서 검은 물이 덮쳐왔다. 뛰면 달아날 수 있을까, 조바심치며 도망가는데 물이 발목을 지나 종아리를 핥고 허리까지 치고 와 높은 곳을 향해 무작정 달렸다. 한 건물에 간신히 올라섰다. 그것도 흔들리면서 곧 무너질 것 같았다.

주변의 모든 것이 휩쓸려가는 것이 내려다보였다. 들판을 덮쳐오는 검은 물, 떠내려가는 지붕들, 뒤집히는 배, 무너지며 휩쓸려가는 건물들 사이로 자동차들이 둥둥 떠다니고 있었다. 그 부유물 위로 떠가는 익숙한 집, 아이 하나가 집을 향해 허우적거리고 있었다. 분별 모르는 그애, 순간, 내 아이였다. 떠내려가는 아이를 향해 이름을 불렀다. 검푸른 벌판이 일순에 넓어지며 끝이 보이지 않았다. 이름이 울음이 되었다. 내 소리에 깨어나 흐느끼고 있었다. 한밤중 꿈에서 잃어버린 아이, 꿈이야, 꿈일 뿐이라구, 아무리 설득해도 막무가내였다. 현실이 아니라니까, 믿어지지 않았다.

몇시쯤인지 알 수 없었다. 전화를 받고 병원으로 달려간 것인데 그건 꿈이 아니었다. 시시각각 그 시각이 닥쳐오고 있었다. 산소포화도의 숫자가 급격히 떨어지고 있었다. 이이는 나를 물끄러미 쳐다보기만 한다. 누구냐고 물어도 반응이 없다. 서로 쳐다보는데 아무것도 보이지 않는다. 아기인 내게 첫젖을 물렸을 때 이렇게 오래 눈을 마주했을까. 이제는 보이지 않는 눈이다. 딴 세상으로 휩쓸려가는 중이다.

냄비는 왜?

지금은 냄비를 닦을 때가 아니다, 그런데 너 왜, 냄비만 문지르고 있니, 의사가 오늘 밤이 고비니 준비하라고 했다는데, 얼른 병원으로 달려가 두 손을 잡고 그리고, 그런데 왜 냄비만 붙잡고 있어, 손잡이에 찌든 얼룩까지 문질러 닦아내려고, 수세미를 쥐고, 도대체 왜 이러고 있는 거야, 달려가 잡는다 해도 뾰족한 수가 있을까, 진통제에 절어 눈도 못 뜨고, 신음하는 귀에 대고 무슨 수로 마지막 말을 한단 말인가, 죽는 것은 남들만 죽는 거야, 우리 식구는 절대로 안 죽어, 이런 멍청한 소리, 붙잡는 소리, 놔주는 소리, 무슨 말이든 귀에 대고 알아듣지 못한다 해도, 그런데 어쩌려고 냄비만 붙잡고, 그동안 사느라 애썼다, 천국에 가서 다시 만나, 이런, 이런, 냄비 뚜껑 굴러떨어지는 소리, 아무래도 지금은 이러고 있을 때가 아니다, 서둘러, 사느라 애쓰더니 죽는 게 더 힘들구나, 언제나 놓여날까, 복부에, 폐에, 콩팥에 줄줄이 줄들을 매달고, 항암주사에, 방사선에, 반은 죽은 몸뚱이에게, 이제 아프지 않게 될 거라고 어떻게 감히, 냄비는 무지막지 반짝이며 싱크대 앞을 환히 밝히는데, 이 냄비로 무슨 공갈 우거지탕을 끓여보겠다고, 어쨌든 마음의 준비를 하라니까, 가서 장례 절차도 의논하고, 수목장은 어떠니, 딸이라고 영정사진 못 들 거 없다, 말이라도 보태면서, 오락가락하는 귀에 대고서, 그런데 두 팔이 욱신거리도록 번쩍이는 이 냄비는 도대체 왜 무슨 용도로 반짝여야 하는 것이냐.

제 4 부

접시란 무엇입니까

매끄럽고 반들반들하다가 소리 없이 금이 가려고
가다가 산산조각 흩어지려고 기다리는 것입니까?

　　　흐르는 물은 어찌 저리 급할까(流水何太急)
　　　깊은 궁궐 종일토록 한가한데(深宮盡日閑)*

하얀 도자기 살, 종이처럼 얇은 접시 위에 분홍
희미하게 녹아드는 나뭇잎 위에 쓴 두 구절
궁궐에 갇힌 궁녀가 썼다는 시
어떤 순간은 새겨지고 어떤 순간은 흩어집니까
어떤 것은 깨지고
어떤 것은 깨질 듯 깨질 듯 나아갑니까

　　　가만히 붉은 잎에 말하노니(殷勤謝紅葉)
　　　잘 가라, 가닿아라 인간 세상에(好去到人間)

나머지 이 구절이 쓰였을 다른 접시는 끝내 못 찾고
소리 없이 어디선가 금이 갔거나
도굴꾼 손에서 흩어졌거나

바다 밑 뻘 속에 아직 묻혀 있겠고

그러나 첫 구절의 접시는 고스란히
인간 세상으로 솟아 나타났고
어디에 닿으려는 의지입니까
우연입니까
세계가 그렇게 단순 만만합니까

침몰되어 육백오십년을 갇혀 있다가
접시 위에 작은 나뭇잎
그 위에 오언절구
글자가 간직한 그들의 목소리
물 급히 차오르는데
갇혀 있어요
나 여기 있어요
살아 나가고 싶어요
가닿고 싶어요
들려요, 들리냐구요?

1976년 봄, 신안 앞바다
어부의 그물질로 떠올랐는데
이거 우연입니까
폭풍의 간악한 심보입니까

종잇장같이 얇은 전언이라서
깨질까 조심스레 버티다 어느덧 육백오십년
접시라는 게 무심한 사물 아닙니까
사물은 입 다물고 있는데
염력이 작동합니까
시 두 구절의 염력으로
침몰한 배 떠오를 수 있습니까
그렇게 간단합니까

* 신안 해저선에 실려 있던 백자접시에 새겨진 시, 희미한 분홍 나
  뭇잎 두장 위에 새겨진 이 시는 당나라 때 한 궁녀가 궁궐에 갇혀
  외롭게 지내는 심정을 표현한 시의 전반부다. 나머지 두 구절의
  시구가 새겨진 또다른 접시는 발견되지 않았다.

발자국은 리듬, 리듬은 혼
제주 세화리와 토산리 표지판 앞에서

벚꽃인지 복숭꽃인지 모르겠다, 이팝나무인지 조팝나무인지 모르겠다, 가는 꽃 날렸던 그 시간이, 그대로 박힌 그 이름으로, 세화리 사라지면 토산리, 토산리 지나가면 세화리, 듣도 보도 못한 지명인데, 이미 있었던 그 위로 가느다란 꽃잎인지 눈발인지 날린다, 토끼가 지났을 토산리, 분분한 꽃잎의 세화리, 그 사이를 달린다 차를 타고 지난다, 차를 좀 세워주면 안 되겠니, 토끼를 보여주면 안 되겠니, 가느다란 눈발의 세화리, 발자국 찍는 토산리, 산토끼가 사는 산 들어서면 안 되겠니, 눈발인지 꽃잎인지 모르겠고, 머리 위에 수평선 깜빡이고, 지나가는 토산리 다가오는 세화리, 번갈아 깜빡이는 두 이름 사이, 수평선 뉘어놓고 아스팔트 길 저쪽으로 토산리 이쪽으로 세화리, 표지판에 매달려 흔들리는 양방향, 눈꽃 밟아 생겨났을, 밟았지만 흔적 없을 답설무흔의 길, 세화리 밟고 토산리, 토산리 사라지며 세화리, 발자국은 리듬, 리듬은 혼.

안개와 개

안개는 혼자 가지 않는다
무엇이든 끌고 간다
하얗게 덮어씌우고는, 갑자기

괜찮을까
괜찮겠지, 괜찮을 거야,
어쩌다가 내가 안개 속에서 개가 되어
미친 듯 뒤지고 있다

마약단속반의 개가 공항의 짐을 뒤지는 것을 본 적 있다
아무것도 찾아내지 못할 때는 미쳐 날뛰게 된다
지쳐 나자빠지기 전에,
마지막 감각을 잃기 전에,
누군가 짐 속에 슬쩍 약 냄새를 묻혀놓기라도 해야 한다

안개를 뚫고
나무들이 땅에 뿌리를 박으며
하나하나 자기 존재를 되찾아야 할 시간인데
누구라도 희미한 손 흔들어 내보일 시간인데

아무도 달려오지 않는다
아무것도 깔깔거리지 않는다

여기서 뭘 하려고 했었지?

안개의 표현

안개가 모두를 끌고 간다
나무 기둥과 기둥 사이
작은 나무가 사라진다
작은 나무와 작은 나무 사이
덤불이 사라진다

안 보이는 것은
보이는 것이 가린 것이고
보이는 것은
보이기로 한 것이고

보고 싶은 대로
보이는 것과
안 보이는 것과
보였다가 사라지는 것

사라지는 그들의 표현

여기서부터

이제로부터
다시 보기로 한다
그들 앞에서
지워지고 있는 나를
사라지고 있는 나를

줄거리를 말해봐

줄거리를 말하라고 했다
사실대로 말하려고 했다

생각은 떠돌고
상상은 어디 붙잡힐 수 없어
휘말리다
무성해진다

그게 사실이야?
설마 그럴 리가?
그럼에도 불구하고
앞뒤 맥락은 그게 아니었다구
끌려다니는 줄거리들

선생님은 국어 시간에
줄거리를 요약해보라 했고
우린 얼굴만 붉히고 있었다
공유할 수 있는 줄거리라는 게
참고서의 정답과 같아서

잔가지를 쳐내야 줄거리는 뻗지만
잔가지가 자꾸 줄거리를 변화시켜서
주제는 변덕, 후퇴, 탈진을 거쳐
줄거리는 정말 할 말이 많아진다

불법을 저질렀어
고도의 꼼수였다구
그건 강간이었지
연애가 아니야
내가 볼 땐 그래
당신은 당신 입장
나는 내 입장

각자의 상황 논리 때문에
각자의 길을 갈 수밖에 없다
정의는 억압으로
규제는 반항으로
리얼리티는 더이상

객관적 진실이 아니라면서
신문은 종이를 잉크로 가득 채우고
망상은 우리를 가득 채우고

줄거리는 그러니까, 에, 일종의,
자연인 것 같지만 자연은 아니고
복잡해지면서 미끄러진다
표류한다
어둠 속에서
암반을 박차고 거슬러 오른다
흘러내린다
도대체 잡히지 않는다

우박

느닷없이 우박이 쏟아졌다
햇빛 찬연했다

간판의 본초불닭발, 홍반장
선명해졌다

날카로운 닭발, 사람들의 혀,
얼얼하게 불타는 일분간의 용산구였다

원효유리 앞을 지나는데
유리 거울 속으로
버스 창에 담긴 내 얼굴이 잠깐

그 시간을 비추며 스쳤다

어떤 지붕 위에는 햇빛인지
얼음 알갱이인지 희끗희끗하고

내가 모르는 나, 나라는 허상이

복제, 복제되고 있었고

그 시간 그 잠깐을 타고
있는 내가 이상하기만 해서

"비상시
손잡이를 젖히면 문이 열립니다"
라고 쓰여 있는 글자를
뚫어지게 쳐다보았다

남영역 지나 갈월동 지나 이제 막 서울역으로
들어설 때

물고기 얼굴

"아저씨 보세요, 꼭 아저씨 얼굴 닮은 물고기를 낚았어
요." 아이가 외쳤다. 그는 아이가 농담을 한다고 생각했으나
물고기 얼굴을 보자 놀라 자빠졌다. 그것은 정말로 사람의
코, 눈, 눈썹에 입술과 이빨까지 가진 반인어(半人魚)의 얼굴
이었다. 세기의 발견이라고 전문가들이 몰려들었고 예측 가
능한 다양한 설을 늘어놓았다. 댐 공사로 수몰지구에 살던
한 사람이 집 떠나기를 거부하다 사라졌는데 그의 얼굴과
아주 유사하다, 유전자 전환을 실험하는 생물과학 공장에서
물에 사는 사람을 만들다가 실수로 방류했을 것이다, 종신
형을 선고받은 한 남자가 철창 밖으로 나가려고 물고기 되
기를 기도했는데 그 남자의 화신일 것이다, 수세기 전부터
인면의 물고기가 낚일 때마다 사람들이 놀라 놓아버리는 바
람에 그 유전자가 전해져 인면수심의 물고기로 진화했을 것
이라는 설 등등.

유사성이란 별똥별처럼 휙 지나며 눈앞에 순간적으로 나
타나는 현상이라고 하던데 보고 싶은 대로만 보니 물고기
얼굴에 인간 얼굴이 찍히며 펄떡, 펄떡, 펄떡.

반짝반짝 작은 별

아침 출근 시간마다 어딘가에서 "엄마아 — 빨리 와" 혹은 "엄마아 — 안녀엉" 하는 소리가 열린 창문을 통해 들린다. 출근하는 엄마와 헤어지는 아이인가보다. 창밖을 향해 외치는 소리가 온 아파트를 울린다. 내가 작은애를 떼어놓고 출근한다고 나갈 때마다 딸애는 울면서 식탁 밑으로 기어들어가 하루 종일 나오지 않았다고 했다.

치매로 단기 기억을 상실한 아버지를 요양원에 떼어놓고, 전두엽이 망가진 엄마를 또다른 요양병원에 맡겨놓고, 아버지가 "내가 왜 내 집을 두고 여기서 자야 하니?" 하던 말, "아버지 자다가 화장실 찾을 수 있어? 한번 가봐" 하고 연습시키던 일, 아버지의 틀니를 빼서 저녁마다 약품에 담가두도록 간병인에게 부탁을 했는데 했을까? 이런 생각들로 잠을 못 이루던 게 어느 해 여름이었나?

오늘은 엄마와 아이가 반짝반짝 작은 별을 노래하고 있다. 아이는 이제 막 말을 배우는 중인지 빤딱빤딱 자으웅 웅 얼거린다. 더운 여름날이다 창문을 통해 반짝반짝 작은 별이 바람 타고 들어온다. 아랫집인지 윗집인지 옆집인지

저 반짝반짝하는 목소리, 가버린 여름날의 목소리, 자주 노모에게서 전화가 왔었다. 얘, 일하러 오는 아줌마 못쓰겠더라, 왜? 글쎄 빵 사다놓은 것도 먹고 호박잎 쪄놓은 것을 반은 덜어가더라, 그럼 다시 오지 말라고 해야지, 그런데 내가 일어날 수가 있나, 움직일 수가 없어, 그럼 사회복지사에게 전화해서 다른 사람을 보내달라고 할까? 그런데 엄마, 그 호박잎 엄마가 가져가라고 했지, 응, 그랬지, 빵도 먹어보라고 했고, 인사로 그랬지, 그렇다고 그걸 낼름 먹어? 그럼 먹지 말라고 해, 그런데 어떻게 그러니, 같이 앉아 있는데…… 불쌍하잖아.

홈런은 사라진다

홈런이다
관중은 환호했고
화면은 그중 하나가 일어나
두 손을 뽑아 올려
공을 받아내는 장면을 비췄다

홈런은 그렇게 사라진다

잠깐 출렁이다 관중의 파도 속으로
사라지는 여운을 남기고

꿈이 슬픈 이유는
홈런을 반복하기 때문이다
또다른 홈런을 기다리며
사라지는 것을
사라지지 못하게 막기 때문이다

네가 나타나 재생 변주되는 꿈
문득 나타나 화려한 손을 흔들거나

다시는 보이고 싶지 않은 내 누추한 꼴을
적나라하게 펼쳐놓는다

꿈은 왜 인정하지 못하는가
홈런은 날아가 사라지는 것이고
한번은 두번으로
다시 오지 않는다는 것을

올드 타운

금을 캐러 몰려왔던 사람들에게 금광은 더이상 금을 내놓지 않기로 작정했다. 한때 수천명이 몰려들어 캐고 실어 나르고 투기하고 죽어나가고 법석이더니 썰물처럼 모두 떠나버렸고, 그들이 부리던 금 마차 끌던 당나귀들 빈 마을에 버려졌고, 그게 벌써 백년 전이다. 텅 빈 마을에서 황당해진 당나귀들 살길을 찾아 산에 올랐고, 산에 올라 살다보면 별수없이 도를 닦게 되고, 백년이나 닦은 그들의 길 닳고 닳아 이제 마을은 당나귀 출몰을 구경하러 관광객이 몰려온다. 백년 된 올드 타운이래, 당나귀들이 출퇴근하는 마을이래, 당나귀들이 사람처럼 크래커를 씹어 먹고, 사람들과 사진을 찍을 땐 백년 전의 눈빛을 재연한대, 손 내미는 이에겐 그리움을 호소하며 쫓아다니는데 정 붙으면 호텔 문 앞까지 따라오니 조심해야 돼, 하긴 당나귀가 호텔 문손잡이에 입을 비벼대며 칭얼거리면 민망하지 않겠어? 가, 가란 말이야, 호텔까지 쫓아오면 어쩌려구, 소리칠 수밖에. 당나귀는 금세 알아듣고 노여워져서 급히 모퉁이를 돌아 사라지지, 순간의 백년 전으로, 당신도 나도 그런 적 있었지, 머뭇거리다 귀 빨간 당나귀 낯짝으로 달아난 적 있었지. 대숲에서 메아리치는 아직도 민망한 그 말, 쥐구멍도 없었고, 죽고 싶었지, 자기 귓구멍 속에라도 숨고 싶었지.

뒷모습의 시

나는 언덕을 내려가고 있었고
너는 언덕을 올라오고 있었다

서로의 얼굴을 쳐다보면서
서로 모르는 사이처럼 지나갔다

언덕이 각도를 세워 기울고 있었다
아니, 언덕이 길어지며 다시 눕고 있었다

몇걸음 가다가 뒤돌아보았다
너는 등을 보이며 계속 가고 있었다

꿈속에서 지나가던 너처럼
정말 우리는
전혀 모르는 사이 같았다

원격조종

전화에 061로 시작되는 번호가 떴다. 두번이나 찍혀 있었다. 궁금해서 전화하니 여수경찰서 교통과라고 한다. 거기서 전화가 왔기에 했어요. 여긴 경찰서라 사람들이 많고 어느 부서에서 누가 했는지 몰라요. 난 여수엔 아는 사람이 없는데, 하고는 끊었다.

밤늦도록 당신이 오지 않았다. 무슨 일이지? 혹시 그렇다면? 뒤따라오던 누군가 차를 박고는 내려서 시비를 건다? 둔기로 협박하다 머리를 친다? 지갑을 훔치고 운전대를 빼앗고 여수 쪽으로 방향으로 튼다? 피 흘리는 사람을 자루에 담고 구덩이를 파고 삽자루의 지문을 지우고 내가 전화하도록 원격조종한다?

온갖 상상이 난무하도록 아무리 전화를 해도 받지 않는다. 왜 하필 여수일까? 여우는 둔갑이 특기지. 구미호의 꼬리들, 별별 생각을 다 하도록 꼬리를 내두르는 것이지. 드디어 올 것이 오는 것인가, 오고 있는 것인가. 그들이 꾸민 모든 일이 거기서 다시 그리고 그러다가

문자가 왔다. 모르는 번호였다. 내가 어제 말하지 않았던 가? 상갓집에 간다고. 친구가 죽었어. 아, 전화기를 깜박 차에 놓고 왔어. 모르는 번호가 나를 아주 잘 알고 있다는 듯이 문자를 보내왔다.

고슴도치에게 시 읽어주기

지금 뭐 해?

일,

바쁜 일이야?

아니,

시 읽어도 돼?

아니, 안 돼,

왜?

그냥 싫어, 긁어대기도 싫고,

아, 그러지 말고 다른 세상과 접촉을 해봐,

싫어, 내 앞에서 절대 그런 거 읽지 마,

그렇게 신경 곤두세우지 말고,

가려움증이라면 족제비처럼,

족제비 나뭇가지 입에 물고*

물에 빠지러 가는 것처럼,

무슨 소리야?

우선 자기 꼬리를 물에 담가야 돼,

그러면 벼룩들은 족제비 배로 허리로 피신하지,

그런 다음?

가슴까지 목까지 잠기도록 해,

벼룩들이 머리로 몰려가 우글대겠지,

그때 온몸을 물에 담가,

나뭇가지 물고 있는 입만 달랑 띄워놓고,

그럼 벼룩들이 나뭇가지로 옮겨가겠지?

그러면 이제 해방이야,

나뭇가지 하나 둥둥 떠다니고

거기서만 그것들이 우글대겠지,

시는 이제 몸에 없어,

됐지?

물에 둥둥 떠다니게 내버려둬.

* 이덕무의 『이목구심서』에서 인용 변주.

참깨순
병실에서

오년 생존율 오십오 프로란 무슨 뜻인가요?
별거 아니에요 신경 쓰지 마세요

간호간병 시스템 4인실의 조무사들은
내 모든 오줌의 무게를 잰다
오줌 누면 달려가서 재고 기록하고
어린애처럼 나는 오줌 마렵다고 고해야 한다

옆 침대 아주머니는 수박 오천통을 밭떼기로
실어 보내고 왔단다
아이구 나 좀 살려줘요
검사받다 죽을 거 같애
밤새도록 앓다가
아침에 남편에게 전화해서
참깨순 나왔어? 묻는다

항암제, 면역억제제 매달린
창 너머로 하늘이 펼쳐져 있다
그곳을 가로질러 작은 것들이 날아다닌다

파리인가 눈 감았다 뜨니 잠자리다
잠자리일까 새일까

관련 마커가 죄다 음성이네요
이런 경우 진단이 꼬이게 되는데요

커다란 날갯짓의 검은 새가 날아간다

저녁 솜털구름이 따라가서 흩어진다

림프계 질환 같아서 골수 검사부터 해야 할 것 같아요
골수 조직에서 단서를 찾을 수도 있어요

백혈구 수치 제로란다
무균실 창밖으로
종일 비가 내린다
창으로 몰려오는 비안개

몸속에 혈소판이며 백혈구며 호중구며

그들 떠도는 권력이 무균실의 암호 같다

머리카락이라는 게 피부에 붙어 있었던 게 아니라
공중에 떠 있었던 것 같다
한쪽이 off를 누르면 속절없이 떨어져나가라는 명령
무균실에서의 머리카락은 검은 넋이 아니라
감염원일 뿐이다

4인실에서의 목소리가 무균실로 떠오르는 듯하다
거봐, 내가 물을 좀 주라고 했잖아
수박 오천통 떼어 보내고
갈아엎은 밭에서 쟁쟁하게 솟아나는
참깨순, 참깨순, 참깨순

1mg의 진통제

1mg의 진통제를 맞고
잠이 들었다

설산을 헤매었다

설산의 빙벽을 올라야 하는데
극약 처분의 낭떠러지를
기어올라야 하는데

1mg이 너무나 무거웠다
1mg을 안고
빙벽을 오르기가 힘들었다

그 1mg마저 버리고 싶었다

너무나 무거워
엄마 엄마 엄마
죽고 없는 엄마를 불렀다

텅 빈 설산이 울렸다

빈빈(彬彬)의 빛그물이 되어
얽힘의 시학

신형철

   시집의 첫 시는 큰 이야기를 '암시적으로' 짧게 하면 좋다. 너무 작으면 '겨우 이 정도 규모의 이야기인가' 하며 실망할 테고, 너무 명료하면 '다 알겠는데 더 읽을 필요 있나' 하며 만만히 여길 것이고, 너무 길면 '어디 한번 읽어볼까' 하고 시집 안으로 성큼 들어서지지 않게 되니까 말이다. 이런 기준에서 보자면 이 시집의 첫 시 「공중제비」는 적당한 경우이다. 긴장 속에서 그 긴장을 어떻게 해보려고 공중제비를 돌다보니 기쁨과 슬픔이 번갈아 지나갔다는 내용이다. 물론 인생 이야기일 것이다. 그런데 그렇게 돌다보니 문득 "혼자"라고 한다. 단지 중년의 고독만이 아니라 다른 맥락도 있어 보여 궁금해지는데, 이 "혼자"가 다음 시 「각자도생의 길」의 "각자"로 또 연결된다. 시집을 못 덮게 만드는 것이다.

도입부에서부터 이미 드러난다. 올해로 30년째 시를 써온 이 시인이 이제 얼마나 고수가 되었는지 말이다. 별것 아닌 것 같은 시작인데 끝까지 가보면 그럴듯한 시가 되어 있는 것이다. 별것 아닌 것 같은 것들 중에서도 제일 그런 것을 골라볼까. 제1부의 「긴 손잡이 달린」은 손잡이 달린 냄비에 우유를 데워 컵에 따르다가 불현듯 사로잡힌 생각을 적은 것인데, 마지막 구절 "울컥 쏟아질 것 같았다"에 이르면 홀린 듯이 쓸쓸해진다. 제2부의 「4분의 3쯤의 능선에서」는 언덕길을 내려오다가 전에 살던 동네의 산딸나무를 떠올리면서 시작되는데, 불시에 어떤 생각을 하는 일이 "뭔가에 걸려 넘어지는 일"처럼 되고 마는 사람은 제 안에 후회가 많은 사람임을 깨닫게 한다. 이런 어리둥절한 매혹이 아무렇지도 않다는 듯 시집 곳곳에 있다.

고수가 된다는 것은 좋기도 하고 나쁘기도 한 일이다. 방법을 깨치는 일이므로 어지간하면 실패할 일이 없는 안정감도 생기지만, 제 방법 안에 갇히는 일이기도 하기 때문에 엇비슷한 시만 찍어내게 될 수도 있다. 안정감을 유지하면서 새로움도 펼쳐내는 방식으로 나이 들어가는 것이 모든 예술가의 꿈일 것이다. 최정례는 그 꿈을 이루었다. 이 시인이 여전히 후배 시인들에게 영감을 주고 매번 비평가들에게 긴장감을 느끼게 하는 이유가 그것이라고 생각한다. 그가 오랫동안 잘해왔던 것을 다시 되짚기보다는 이번 시집에서 유독 자주 발견되는 발상 하나를 정리하는 일에 집중하는 편이

낫겠다. '얽힘'이라는 말로 그 발상을 포괄해보려 한다.

얽힘, 인간과 인간 사이의

시를 읽으며 적어본 단상이 어디선가 본 듯해서 이 시인의 2006년 시집(『레바논 감정』, 문학과지성사)을 읽고 그해 쓴 글을 펼쳐보았다. 비슷한 표현이 이미 거기에 있었다. "이러지도 저러지도 못하는" 혹은 "울지도 웃지도 못하는" 따위의 문구들 말이다. 이런 문구로밖에 설명할 수 없는 상황을 포착하는 데 최정례만큼 능한 시인은 없다. 나무에 올라간 염소를 보면서 그들이 "먹기 위해" 혹은 "살기 위해" 올라간 것이 아니라 "올라가기 위해 그냥/올라가서는/내려오지 못해/매달려 있는 것"이라고 보는 시선(「삼단어법으로」), 남의 소를 끌고 나간 소년이 오히려 소에게 끌려다니다 홧김에 돌을 던졌더니 소가 죽어버린 이야기에 잔뜩 흥미를 느끼는 기질(「남의 소 빌려 쓰기」), 이런 것이 바로 최정례다움의 일면이다.

인생의 아이러니를 다룬다고 점잖게 말해서는 이 고유함을 포착할 수 없다. 핵심은 결국 타인과의 악다구니이다. 전형적이고도 탁월한 시 「이불 장수」를 보자. 이불 가게에 들어가서 이불 한번 만졌다가 이불 장수의 집요한 수완에 말려들어 결국 원하지도 않는 이불을 사고 마는 이야기이다.

이 시에서 반복되는 술어는 '뿌리치다'와 '꼼짝 못하다'이다. '나'를 어떻게든 이용하려 하는 타인을 뿌리치려 하지만, "나를 나보다 더 잘" 아는 그에게 꼼짝 못하는 화자가 있다. 타인에게 비난받는 것을 두려워하는 사람은 비난받지 않으려고 차라리 피해자가 될 것을 감수하기도 한다. 이것은 해프닝이 아니라 거의 전쟁이다. 시의 후반부에 덧붙인 곰팡이 코르디셉스의 이야기는 시인의 농담이 아니다.

한편 더 볼까. 「매미」에서 시인은 탄식한다. 어쩌자고 매미는 "땅속에서 칠년이나 꿈틀대며 기다리다 태어나서는" 아무 데나 들러붙어 저렇게 멈추지 못하는 울음을 울어대는가. 저렇게 울어대는 것이 결국 짝짓기를 위해서임을 떠올리면 "그들 삶의 방식에는 뭔가 가슴 찢는 게 있다"는 생각에까지 이르게 되는데, 이것은 위험한 생각이다. 저 수컷 매미를 닮은 사내들에게 약해질 수 있으므로. 그 울음은 "나도 한때는 시를 썼어"라고 말하고 여자를 스쳐가는 "비겁한 사내들"의 "허약한 이야기 주머니" 같은 것이니까. "결혼 첫날만 지내고 달아난 사내의 이야기"야 시인의 배우자와는 무관한 것이겠지만, 그렇게 속절없이 상처 입은 모든 여자들의 속내를 이해한다는 듯이 시의 후반부에서 시인은 복화술을 구사한다. 그리고 그 말투는 다시 「이불 장수」의 그것을 닮는다.

　　이불 덮고 항우울제를 삼키고 눕게 될 것이다. 벌떡 일

어나 소비자고발센터에 전화라도 해보고 싶을 것이다. 그
러나 꼼짝 못한다.

——「이불 장수」 부분

뭔가 억울한 듯해서 자다가 벌떡 일어나 앉은 적이 있
다. 가만두지 않을 거야, 죽여버릴 거야, 그렇게 중얼거리
고는 다시 쓰러져 잔다.

——「매미」 부분

산문시에서 끊어낸 것이라 어색하기는 하지만, 보다시피
두 시의 주인공은 저렇게 자다가도 "벌떡 일어나" 앉는 사
람임을 알게 된다. 이런 상황을 가리키는 단어가 '억울(抑
鬱)'이다. 억눌림으로써 답답해지는 상태를 뜻한다. 그러니
까 벌떡 일어나게 되는 것이다. 그로부터 발생하는 감정은
'울화(鬱火)'이고 말이다. 답답함이 활활 탄다는 뜻이다. 밖
으로 발산되지 않고 속에서만 존재하는 불이라 시커멓게 타
들어가는 것은 내 속일 뿐이다. 흔해빠진 투정 같겠지만 실
은 '자유'에 대한 심각한 이야기이다. 자유의 본질은 자기
결정이 아닌가. 그런데 이들은 제 삶을 결정하는 일에 실패
하고 자주 저렇게 '억울'과 '울화'로 자신을 괴롭히고 만다.
최정례의 시는 이렇게 '벌떡 일어나 앉은' 언어들로 쓰인 것
이다. 이렇게 말하면 "이러지도 저러지도 못하는" 운운하는
것보다는 진전된 설명이 될까.

좀더 나아가보면, 이것을 얽힘의 세계관이라고 할 수도 있겠다. 얽힌다는 것, 내가 스스로 얽은 것도 아닌데 문득 연결된다는 것. 어떤 사람들은 이 관계의 넝쿨에서 빠져나오지 못한다. '천성이 그래서'라고 하면 개인적인 이야기가 되지만, '그렇게 견딜 수밖에 없는 을(乙)의 처지여서'라고 하면 사회적인 문제가 된다. 그렇게 얽힌 채로 '억울'과 '울화'를 다스리며 살면 뭐가 남는가. 앞서 언급한 시에서 시인은 열심히 공중제비를 돌고 보니 결국 혼자라고 했던가(「공중제비」). 다른 시에서는 살아도 세상이 내 것이 아니더라고 말한다(「다른 사람들의 것」). 꽃과 아이가 눈 맞추는 잠깐의 시간만큼이 내 몫이고, "그 잠깐을 뺀 나머지는 다" 남들의 것이라는 것. 이쯤 되면 이 시들은 "집단"과 "리그"에 맞서 내가 '나'를 결정하고 싶다는 조용한 절규처럼 보인다.

얽힘, 시간과 공간 속에서

이 얽힘의 세계관은 산문시의 본질과도 관련이 있다. 왜 시인들은 시를 운문으로만 쓰지 않고 산문으로도 쓰는가. 운문이 되도록 끊어가며 쓴다는 것은 구조가 없는 원재료에 구조를 부여하는 재미가 있는 일이다. 반면에 산문으로 쓴다는 것은 이미 구조를 지닌 이야기를 펼쳐내는 일이라고 할 수 있을까. 이를 발명과 발견의 차이라고 해보자. 혹은 밖으로 붙여나가는 '소조'와 안으로 깎아 들어가는 '조각'의 차이와 비교해볼 수도 있을 것 같다. 게다가 산문시는 줄글이라는 시각적 형태를 활용할 수 있다는 장점도 있다. 마디 없이 계속 이어지는 문장의 혼란스러움을 생산적 자원으로 활용하자는 것이다. 거꾸로 말하면, 어떤 산문시가 그렇게 쓰일 필요가 있었음을 입증하기 위해서는 산문으로 적었기 때문에 생산된 혼란이 거기 있어야 한다는 것이다. 그 혼란도 얽힘이라고 불러보면 앞 절에서 한 이야기와 연결된다.

개미 한마리가 한강 다리를 지나가면 다리가 휘겠니, 안 휘겠니? 무슨 소리 하는 거야, 개미 한마리에 어떻게 한강 다리가 휘겠어? 이 세상 개미 모두가 북한산만큼 모여 한강 다리를 건너가면 다리가 휘겠니, 안 휘겠니? 그야 당연히 휘겠지, 북한산 실은 기차가 지나가는 것처럼. 그렇다면 개미 한마리가 지나갈 때도 눈에 보이지는 않겠지만 그 한 마리 무게만큼 한강 다리가 휘어야 하잖아. 거의 무에 가까운 무게지만 무게는 무게거든. 그 무게만큼의 어떤 생각, 있다고도 할 수 없고 없다고도 할 수 없는 한 생각이 드나드는 것 같다. 계속 오고만 있고 아예 와버리면 안 된다는 듯이, 네 생각도 그렇게 오더라. 까맣게 잊고 있다가도 어느날 깨어보면 분명 간밤엔 오고 있었고 어느새 가버린 거야, 그래야 다시 올 수 있다는 듯이. 존재의 무게가 거의 없는 것이, 생각의 무게 같은 것이 지나간다.

방금 한강 다리가 아주 약간 휘청했다.

———「개미와 한강다리」 전문

흔히 '무거운 생각'이라거나 '가벼운 생각' 운운하지만, 이를 '생각에도 무게가 있는가?' 하고 반문해보는 순간 시적인 발상이 된다. '정도'를 '존재'로 치환함으로써 그렇게 된 것이다. 부주의하게도 우리는 정도로 존재를 판단할 때가 있다. 아주 적으면(작으면) 없는 것과 마찬가지라고 생각한다. 그러나 두 범주는 다르다. 정도의 적음(작음)이 존재의 없음이 될 수는 없고, 정도의 많음(큼)이 존재의 있음 이상일 수도 없다. 그렇다면 생각의 무게는, 정도야 한없이 적겠지만(작겠지만), 있기는 분명히 있는 것의 한 사례이다. "거의 무에 가까운 무게지만 무게는 무게"라는 것. 시인에게는 그런 생각이 왔다 간다. 그것이 개미 한마리의 무게일 뿐이라도 그 개미 한마리의 무게만큼 한강 다리가 휘어지듯이, 그 생각에 시인은 휘어진다는 것이다.

이 흥미로운 발상에 자극을 받은 궁리를 더 이어나가보고 싶지만 그보다는 이 시의 더 중요한 묘미를 지적하기로 하자. 왜 이 시는 산문시여야 했는가. 전반부는 대화 형식으로 돼 있다. 상대방에게 생각에도 무게가 있음을 주장하는 화자가 있는데, "거의 무에 가까운 무게지만 무게는 무게거든"이라고 말하는 대목까지는 대화의 일부분이지만 "한 생각이 드나드는 것 같다"라고 말하는 대목부터는 독백으로 슬

며시 전환된다. 영상으로 상상해보자면, 상대방을 보며 대화를 하던 인물이 문득 카메라를 쳐다보며 혼자 중얼거리기 시작하는 장면 같다. 그래서 끝까지 읽으면, 전반부조차 대화가 아니었던 것만 같은 어리둥절함을 느낀다. 이 대화와 독백의 매력적인 얽힘이 산문 형태가 아니라면 가능했을까.

이런 사례는 당연히 더 있다. 인용하기엔 너무 길고 발췌하면 구조적 얽힘이 파괴되니 요약해서 말할 수밖에 없다. 예컨대 「나의 아름답고 푸른 다뉴브 같은」은 어떤가. 가브리엘(a)이라는 푸른 눈의 남자가 아시아 여성인 '나'를 속이려 든다. 그런데 공교롭게도 '나'에게는 가브리엘(b)한테 속은 마틸다라는 친구가 있고, '나'는 마틸다를 위로하면서도 실은 그녀를 부러워한 적이 있다. 아니, 남녀 모두를, 그들의 푸른 눈동자와 절망의 달콤함까지를 부러워했었다. 그래서 지금 '나'는 마틸다와 자신을 동일시하면서 기꺼이 가브리엘(a)에게 속으려 한다. 궁극적으로는 화자 자신의 결핍과 동경을 드러내는 시라고 해야 하겠지만, 그 과정에서 저 두 겹의 이야기는 얼마나 그럴 듯하게 얽혀 있는가. 홀린 듯 따라가게 만드는 산문시의 구조 속에서 말이다.

「물리 시간 밖에서」의 얽힘은 거의 초현실적이다. 고등학생 시절 물리 시간에 꽃병의 물을 갈아주라는 선생님의 지시로 밖에 나와서 잠시 공상에 빠진 적이 있는데 그러고는 교실로 돌아가지 못한 일이 있었다는 것이다. 그런데 그 공상은 고등학생이 할 법한 것이라기보다는 화자의 미래에 실

제로 일어난 일로 보인다. 화자는 그 공상을 후회한다고, 그런 시간을 갖게 한 물리 선생이 밉다고 한다. 마치 그날의 공상 때문에 결혼을 해버렸고 소녀 시절을 마감했다는 듯이 말이다. 우리는 과거를 후회하지 미래를 후회할 수는 없다. 이 시는 그 시간을 꼬아놓았다. 그래서 제목의 의미가 '물리 시간에, 밖에서'만이 아니라 '물리적 시간의 밖에서'일 수도 있게 되었다. 산문시를 썼다는 자체가 중요한 게 아니다. 이처럼 좋은 산문시를, 불가피한 산문시를 썼다는 것이 중요한 것이다.

얽힘, 가치와 가치 사이의

시인이 잘 보여준 대로 세계 속에서는 많은 것이 얽혀 있고 또 얽히고 있다. 얽히는 것들은 갈등을 만든다. '갈등(葛藤)'은 본래 칡과 등나무가 '얽힌' 상태를 뜻하는 말이다. 그러니 갈등에 대해서, 특히 가치관의 갈등에 대해서도 말해야 한다. 시인이 지난 몇년간 이에 대해 오래 생각했음을 알겠다. "우리 앞에 길이 있을까, 무감한 주먹돌처럼 굴러다니며 문 꽉 닫고 자기주장만 하다가 누군가 갑자기 너도 반역자라구, 나라를 팔아먹은 그와 동조했지, 분노를 토한다."(「소라 아니고 달팽이」) 왜 갈등하는지를 생각하다 보니 종(種)으로서의 인간에 대한 상념에도 빠졌던 것 같다. "인간이란 무엇인가, (…) 우리는 우리를 모른다. 우리는 알려지지 않은 자이다."(「애완용 인간」) 이런 맥락 속에서 표제작 「빛그물」이 이 시집의 마침표를 찍는다.

　　두마리 수사슴이 싸우다 한마리가 죽는 장면을 보았다 승리한 사슴은 자기 뿔에 엉켜 매달린 죽은 사슴의 뿔에서 벗어나려고 벗어나려고 머리를 휘두르고 있었다 사자 한마리가 멀찍이 그 몸부림을 지켜보고 있었고

　　그 장면이 무슨 비유인 것 같다고 생각하면서 잠들었는데 잠의 수면으로 흘러가다 떠오르다 다시 흘러가면서

　　강을 건너는 한 무리 사슴들을 보았다 물에 잠겨 떠가는 관목처럼 사슴의 뿔이 왕의 관처럼 떠내려가는데

　　천변에 핀 벚나무가 꽃잎을 떨어뜨리고 있었다 바람도 없는데 바람도 없이 꽃잎의 무게가 제 무게에 지면서, 꽃잎, 그것도 힘이라고 멋대로 맴돌며 곡선을 그리고 떨어진 다음에는 반짝임에 묻혀 흘러가고

　　그늘과 빛이, 나뭇가지와 사슴의 관이 흔들리면서, 빛과 그림자가 물 위에 빛그물을 짜면서 흐르고 있었다

수사슴이 싸우다 하나가 죽었는데 산 놈은 죽은 놈을 제 뿔에서 떼어내지 못한다. 누가 이기고 누가 진 것인가. 지켜보고 있는 사자는 두마리 사슴을 다 먹어치울 텐데 말이다. (나는 이 시 덕분에 사슴을 검색하다가, 서로 싸우다 뿔이 얽혀 함께 굶어 죽은 사슴의 유골도 보았다. 더 선명한 사례일 수도 있겠다.) 시인은 이것이 인간 갈등의 한 "비유"처럼 보이지 않느냐고 넌지시 묻는다. 공론장에서의 시비 다툼 자체를 부정하자는 허무주의는 물론 아닐 것이다. 흑 아니면 백, 동지 아니면 적이라는 식의 맹목은 차원 높은 진실에 가닿는 데에도 도움이 안 된다는 뜻이리라. 시인은 이런 생각을 하다가 잠이 들었는데 마치 대안적 비유인 듯, 강을 건너는 사슴의 뿔 위로 벚나무 꽃잎이 떨어지는 아름다운 장면을 꿈꾼다. 이 반짝이는 얽힘을 아름답게도 '빛그물'이라고 했다. 그러고는 다음과 같은 주석을 더했다.

바탕이 무늬를 이기면 야하고 무늬가 바탕을 이기면 간사하다고 기억하고 있었다 『논어』에서 읽은 질승문즉야(質勝文卽野) 문승질즉사(文勝質卽史) 하니 문질빈빈(文質彬彬)해야 한다고, 그러니까 무늬와 바탕이 서로 빈빈해야 아름답다고 들었다 그 빈빈이 좋아서 그 빈빈의 빛그물로 누워 떠내려가고 싶었다

이 주석에 주석이 필요하겠다. 먼저, '질(質)'과 '문(文)'.

전자는 시중의 『논어』 대부분이 '바탕'이라 옮긴다. 후자
는 위에서처럼 '무늬'(배병삼)라고도 하지만, '외관'(이기동),
'겉차림'(김학주), '꾸밈'(이우재), '문채'(심경호) 등으로 다양
하다. '질'과 '문'의 관계는 '야(野)'할 수도 '사(史)'할 수도
있다. '야'는 거칠다는 뜻이고 '사'는 꾸며져 있다는 뜻으로,
여기서는 둘 다 어떤 편향의 속성이다. 요컨대 '질'과 '문'이
잘 어우러져야 야하지도 사하지도 않고 좋다는 것인데, 그
좋음을 '빈빈(彬彬)하다'라고 표현한다. 본래는 군자다움의
한 태도를 설명하는 말이지만, 언행의 문제만이 아니라 의
식(儀式)의 적절성을 따질 때나, 문예에서 '내용과 형식' 혹
은 '취지와 수사(修辭)'의 균형을 설명할 때에도 갖다 쓰기
좋은 말이다.

　수사슴의 싸움이 인간사를 훼손하는 부정적 얽힘의 표상
이라면, 벚나무 가지와 사슴뿔이 협업해 만든 '빛그물'은 지
향해야 할 긍정적 얽힘의 표상이 된다. 빛그물은 아름다운
이미지이지만, 그리고 시가 만들어내는 최선의 것 중 하나
는 그와 같은 이미지이지만, 시인은 마지막에 덧붙인 주석
으로 저 이미지가 현실적인 층위에서 더 구체적으로 해석될
여지를 만든다. 무엇이 우리의 '문'과 '질'이며, 그것들이 어
떻게 '빈빈'해지면 좋을지를 성찰하게 한다는 뜻이다. 정의
롭되 '야하지' 않고 사려 있되 '사하지' 않은, 그런 말과 주
장과 문장은 없는가. 그렇게 공동체의 가치를 고민하고 표
현하고 토론할 수 있는 세계는 가능한가. 벌떡 일어나 앉아

야 할 날이 많았던 시인에게는 이런 희망을 품어보는 일 자체가 치유였을지도 모르겠다는 생각이 든다. 그 힘으로 이런 빛그물 같은 시집을 지어냈으리라.

申亨澈 | 문학평론가

　존재의 배면에서 수줍게 숨어 있는 시가 좋다. 발갛게 숯
이 되어 타고 있지만 꼿꼿이 서서 무너지지 않는 시가 좋다.
문 없는 문 안에 있는 시를 쓰고 싶었다. 어떻게 들어갔을까
어디로 나갈 수 있을까, 근원을 질문하는 시, 마음과 육신이
만나는 교량 위에서 김수영의 시에서처럼 늙음과 젊음이 만
나고, 미움을 사랑으로 포용하는 시를 쓰고 싶었다. 나라를
팔아먹고 그 팔아먹은 나라를 위해 다시 목숨을 바쳤던 이
들, 그들이 바로 우리 자신의 두 얼굴이었음을 확인하고자
했다. 우리의 근원을 물으며 돌아가고자 했다. 더운 골짜기
와 얼음 골짜기의 물이 만나 하나의 강물이 되어 흐를 때 어
느 물 한방울로 그 원천을 증명할 수 있을까, 모순과 아이러
니의 두 얼굴, 이 두 얼굴이 우리 근원 속에 도도히 자리하고
있음을 확인하고 싶었다.

　『개천은 용의 홈타운』이후 발표한 시들 중에 산문시 몇편
을 덜어내면서 생각해보았다. 산문으로 된 이야기 속에 시
적인 것을 어떻게 밀어넣을 수 있을까의 실험, 아직 끝낼 수

는 없었다. 물론 시적인 것이란 무엇일까의 더 근원적인 것을 향한 질문에서 시작한 것이었다. 열심히 써냈지만 장치가 느슨할 때는 너무 싱거운 이야기가 되어버리는 시들을 덜어내었다. 이야기의 한 귀퉁이를 누르면 저쪽 세계에서 반짝이며 대답해줄 것 같은 이야기 시, 공간과 시간의 혼돈 속에서 시적인 물음들을 물으며 자기 갈 길을 가는 시들, 이곳을 말하면서 동시에 저곳을 말하는 알레고리의 시들을 이 시집에 포함하기로 했다.

괴로운 일을 끊어버리지 못하고 지나치게 괴로워했다. 병이 되었다. 병원 무균실에서 교정을 본다. 이제 곧 치료를 마치며, 쓰러져 헝클어진 묵정밭, 한권의 시집으로 일으켜 세워 묶어놓을 수 있을 것 같다. 주치의 원종호 선생님과 혈액종양내과 의료진께 깊이 감사드리고, 번역 시집『흰 당나귀들의 도시로 돌아가다』에 이어 이 시집의 편집을 맡아준 이선엽 씨에게 거듭 감사드린다.

2020년 10월
최정례

창비시선 451

빛그물

초판 1쇄 발행 / 2020년 11월 13일
초판 2쇄 발행 / 2022년 1월 6일

지은이 / 최정례
펴낸이 / 강일우
책임편집 / 이선엽 박문수
조판 / 한향림
펴낸곳 / (주)창비
등록 / 1986년 8월 5일 제85호
주소 / 10881 경기도 파주시 회동길 184
전화 / 031-955-3333
팩시밀리 / 영업 031-955-3399 편집 031-955-3400
홈페이지 / www.changbi.com
전자우편 / lit@changbi.com

ⓒ 김하규 2020
ISBN 978-89-364-7847-6 03810

* 이 책은 서울문화재단의 2017년도 문학창작집 발간지원사업의
  지원을 받아 발간되었습니다.
* 이 책 내용의 전부 또는 일부를 재사용하려면
  반드시 저작권자와 창비 양측의 동의를 받아야 합니다.
* 책값은 뒤표지에 표시되어 있습니다.